U0045083

嘿，有人在等你

烏瞳貓——著

所有會發生的事情，其實都沒有標準答案，就像那場為逃而逃的旅行……。
她逃到了一個有一整片美麗海灘的地方，然後在那裡，遇上了一個耽溺於流浪的男孩。

目次
content

序章

會場內瀰漫著一股濃郁的咖啡香，溫紫晴雙手抱胸佇立於會場中央，這是她努力了一年多的結果，突然有一種很不真實的感覺。

「溫，我這裡都弄得差不多了，等一下再跟場地工作人員確認一下動線，應該就大致搞定囉，待會兒錄 podcast 節目的時候，記得再把展期、地點跟聽眾宣傳推廣一次。」李蔓蔓是這場攝影展的總負責人，在籌備策展期間，給了溫紫晴非常多的協助。

與溫紫晴溫吞的藝術家性格不同，李蔓蔓是個極度講求效率的工作狂，見溫紫晴沒有答話，依舊雙手抱胸兩眼無神的站在原地，李蔓蔓忍不住緩緩移動到她身邊，循著她的目光望過去，「妳在看什麼啊，看得那麼認真？是作品掛歪了嗎？還是光源的位置不對？我看著蠻好的啊。」

「蔓蔓，我問妳一個問題。」無視李蔓蔓的疑惑，溫紫晴依然直勾勾地盯著掛滿自己作品的那一面牆，「如果要妳選一張最喜歡的作品，妳會選這面牆上的哪一張照片啊？」

雖然不知道溫紫晴為什麼突然這樣問，面對這個問題李蔓蔓倒是沒有太多的猶豫：「站在策展人的角度，我最喜歡去年得獎的那一幅，不過若要問我個人最喜歡哪一幅的話，我會選最角落那張。」李蔓蔓緩緩指向鵝黃色牆面上，高高掛著的一幅攝影作品。

「是因為拍攝地點不是在台灣妳才喜歡的嗎？因為紫色的夕陽很漂亮？」聽了李蔓蔓的回答，溫紫晴打趣的問道。

「哼，我才沒有那麼膚淺。」李蔓蔓不滿的半瞇起眼，伸出雙手將食指和大拇指彎成畫框的形狀，朝著最角落的那幅照片比劃著。

「嗯……該怎麼說呢。我覺得身為一個藝術策展人，看過妳那麼多作品，我認為妳是一個很懂得掌握拍攝者跟被攝者距離的攝影師，可是這幅作品……。」李蔓蔓一邊說著，一邊緩緩向那張高高懸掛於牆面的照片靠近：「層次跟氛圍都很不一樣……與妳其他作品相比，這張照片好像感受得到攝影師的存在，就是……構圖還有敘事的方式跟其他作品並列在一起看，有一種跳脫框架的感覺，總之，它給我的感覺很不一樣。」

李蔓蔓看得入神，沒有發現溫紫晴正悄悄移動到了她身後。

「也許……這張照片，就是這場攝影展的起點。」

沉浸於作品氛圍中的李蔓蔓，被溫紫晴突如其來的出聲嚇了一跳，愣愣的回了一句：「啊……妳是什麼時候站到這裡來的啊，嚇我一跳。」

一抹燦爛的笑浮現於那張平靜光潔的面龐，望著那抹恬淡的笑，李蔓蔓好像瞬間明白了什麼。

她心想，紫色夕陽和異國風情或許都不是這張照片的重點……。

在按下快門的剎那，也許當時的溫紫晴臉上——就是掛著這樣的笑容吧。

第一章

能看見海的地方

躺在陌生的床上，溫紫晴還有些不敢相信，自己真的來到了這個只在廣告傳單上看過的地方。

幾年前同事就跟她說過，這輩子如果有機會，一定要來長灘島看看。

如今她來是來了，卻從沒想過會像現在這樣。

一個人旅行是過去的溫紫晴從來沒想過的事。

但是這次，所有的一切都發生的太過迅速。

床頭的手機無預警地震了幾聲，溫紫晴心不甘情不願的拿起來看了一眼，導遊小碧傳來明天早上浮潛行程的集合時間。

還有另外幾封訊息，溫紫晴打算再逃避一些時間。

畢竟幾個小時前，她才剛從台灣狼狽的逃到這裡。

望著漆了鮮豔橘紅色油漆的天花板，溫紫晴忍不住苦笑了一下，她這是剛從舞會中匆忙落跑的灰姑娘呢？還是用聲音換來一雙腿的美人魚？

神奇的南瓜馬車都不見得能跑那麼遠，她竟第一次搭飛機就一個人跑到這個，距離老家數百甚至數千公里遠的地方來。

一個月的時間，真的改變得了什麼嗎？

溫紫晴一路上，不只一次在心裡對著自己發問。

「乖乖，睡一覺醒來，所有的一切就都會好起來的。」

每當心情不好的時候，溫紫晴的腦海裡便會浮現外婆最常對自己說的話。

如果所有的一切真的都是睡上一覺醒來後就能解決，那她這段時間大概也不會飽受失眠所苦了吧。

在床上來回翻覆了好一陣子，半夢半醒間，床頭櫃的手機又震動了一下，溫紫晴不滿的翻個身，將蓬鬆的棉被拉到足以覆蓋住耳朵的地方。

早知道……剛剛就應該在搭船上島的時候，把旅行社送的醜陋後背包，連同那該死的手機一起丟進海裡銷毀——這是溫紫晴澈底失去意識前，最後浮現於腦海中的想法。

隔天清晨，自窗外撒入的陽光，將溫紫晴從睡夢中驚醒。

「糟糕！要遲到了！」她慌張的從床上猛然起身，直到望見四周橘紅色的壁紙，才赫然想起，自己現在人在長灘島。

呆站在房間中央，溫紫晴無奈的苦笑了一下，望了一眼床頭電子鐘上顯示的時間，早上六點半，距離等一下的集合時間還有足足三小時。

旅行社安排的旅館位於長灘島唯一一條主要道路旁，這裡不面海，所以從窗外望出去看不到海景，只能看到那條不是很寬敞的柏油路，溫紫晴探頭望向窗外，清晨六點的街道還很空，只有幾輛嘟嘟車在路面緩緩的行駛。

既然都醒來了，溫紫晴打算吃過早餐後先到附近走走逛逛。

換上一套輕便的無袖洋裝，背起擱置於行李櫃上的相機包，扭頭步出了那間約莫只有七坪的單人套房。

走進餐廳前，溫紫晴本以為自己應該會是整間旅館最早來到餐廳吃早餐的旅客，沒想到一踏進餐廳，便看見幾張昨天和她一起搭乘嘟嘟車來到旅館的熟面孔。

「姊姊，早安。」出聲的是昨天搭船上島時，坐在溫紫晴身邊的男大生魏安莫。

「要跟我們一起坐嗎？」與魏莫安同行的還有另外兩名大學生，現在說話的是他們之中唯一一名女學生——李芮。

「好啊，謝謝。」因為昨天在前往旅館的路上稍微聊了一下，所以溫紫晴並不會覺得不自在：「你們怎麼都這麼早就下來吃早餐了？沒睡好嗎？」

拉開椅子坐下前，溫紫晴來回望著那三張充滿膠原蛋白的臉龐。

「等一下要去浮潛太興奮了。」坐在溫紫晴對面的男學生漾起好看的笑容，輕啜了一口面前的柳橙汁，和其他人比起來，他的個性比較沉默，所以溫紫晴到現在還不知道他叫什麼名字。

「是嗎。」叉起一片服務生剛剛送上桌的烤吐司，溫紫晴接著又說：「我倒是蠻緊張的。」

「不用緊張啦，浮潛很好玩的，反正每個人下水的時候都會穿救生衣，安啦安啦。」魏安莫一面安撫溫紫晴，一面往李芮的碗裡投送了一顆水煮蛋。

「魏安莫，你不要一直給我啦，就跟你說我吃飽了。」

「屁啦，妳剛剛才吃這麼一點點，怎麼可能這麼快就飽。」

「你真的很雞婆欸。」

望著一旁鬥嘴的小情侶，溫紫晴笑著也往自己碗裡夾了一顆水煮蛋，收回視線時，眼角餘光卻掃到對面沉默不語的男學生。

「你們是大學同學嗎？」

不知道為什麼，溫紫晴覺得自己好像有義務開口說點什麼。

意識到溫紫晴是在對自己說話，對面的男大生露出一抹靦腆的笑，簡短地回應道：「對，我們是大學同學。」

「所以這是畢業旅行？」咬下一口烤得酥脆的香蒜吐司，溫紫晴覺得蒜泥的味道有些太重了，趕忙拿起刮刀刮掉一些。

「對啊，不趁畢業前趕快出國玩一波，畢業以後恐怕就沒時間了。」魏安莫搶在所有人之前開口。

在溫紫晴印象中，在座的這群大學生從長相到打扮，應該都是校園裡的風雲人物，若是大學時期的溫紫晴根本沒辦法想像自己能像現在這樣，淡定悠閒的和他們坐在一起吃早餐。

「如果是畢業旅行怎麼會只有你們三個人啊？人多一點不是比較好玩嗎？」

「就是因為一開始人太多，最後才剩下我們三個人的。」李芮有些不滿的答道。

溫紫晴沒聽懂她話裡的意思，但也沒再繼續追問，只是微微點了點頭繼續吃她的早餐。

「姊姊妳呢？」魏安莫抬起眼來對上溫紫晴的視線：「妳怎麼會一個人來？」

「我嗎？」雖然知道遲早會被問起，但依照眼下的氛圍，溫紫晴並不打算認真回答：「因為姊姊沒什麼朋友。」

話一出口，便惹得在座少男少女一陣哄堂。

「騙人，像姊姊這種大美女怎麼可能沒有朋友！」魏安莫率先出聲替溫紫晴抱不平：「徐子權這種木頭都有一堆女生搶著跟他告白了，一定是妳太謙虛。」

徐子權？

怎麼感覺好像在哪裡聽過這個名字。溫紫晴緩緩望向坐在她對面的男同學，卻怎麼也想不起來。

被喚作徐子權的男學生緩緩抬起頭來，朝著魏安莫靦腆的笑了一下：「少嫉妒我了，跟你告白的人明明也很多啊。」

「你們兩個真的很幼稚欸。」李芮似乎早已習慣兩個男生間無聊的較勁，轉頭看向溫紫晴身上的相機包：「我從剛剛就很想問，姊姊妳是攝影師嗎？」

「我嗎？」溫紫晴緩緩放下手中的咖啡，對著少女露出一抹淺淺的笑：「只是興趣而已。」

「是嗎，本來還想說可以請妳幫我們在沙灘上拍學士服照的。」女孩的臉上露出明顯失望的表情。

「我還是可以幫你們拍啊，只是可能沒有那麼專業就是了，當作參考，我大學旁聽過一年的攝影課。」

「一年的攝影課啊！那可以算是專業了，我到現在都還沒有體驗過用專業相機拍照的感覺，真是太好了。」

「其實現在很多手機，也都進步到可以拍出很厲害的照片，甚至可以調光圈還有感光什麼的。」

溫紫晴一邊說著，視線又忍不住飄向徐子權的方向。

到底是在哪裡見過他呢？

在聽到對方名字之前溫紫晴還沒有這樣的感覺，但是現在定睛一看，眼前這張清秀的臉龐，似乎也有種似曾相似的感覺。

無奈作為早餐收尾的美式咖啡下肚，絞盡了腦汁的溫紫晴，卻依舊沒有任何頭緒。

結束用餐後，溫紫晴並沒有如期到街上遛達取景，和幾名大學生在餐廳坐著又聊了會兒天，就見導遊小碧精神抖擻的從餐廳大門走了進來。

見到大家都這麼早起，小碧臉上盡是訝異的表情。

在大廳和大家閒聊了一陣，便催促眾人回房間準備等一下浮潛要用到的東西。

待大家整裝完畢，再次下樓集合，也差不多是原先安排好的出發時間。

「耶！終於可以去浮潛囉！」

前往浮潛地點時，除了溫紫晴以外的所有人都顯得很興奮，三個大學生手舞足蹈的在前方走著，導遊小碧則和溫紫晴並肩在他們身後壓陣。

「昨天晚上有睡好嗎？」小碧說話時有一種獨有的中南部口音，溫紫晴覺得聽起來特別親切。

「有，我睡得蠻好的。」溫紫晴笑著回應道：「今天的天氣真好，應該很適合浮潛。」

「這裡每天的天氣都很好，太陽大到會把頭皮曬傷。」儘管小碧的口氣聽起來有些無奈，但從她嘴角微微勾起來的弧度，溫紫晴相信她應該是發自內心的喜歡這個地方。

「穿過這條小巷，就可以看到白沙灘了。」沿著主要道路走了約莫五分鐘，小碧帶著大家彎進一條小路。

溫紫晴注意到小路的兩旁分別是一間深盤披薩店和一間下午茶專賣店，正準備確認披薩店的菜單上有哪些菜色時，耳畔卻傳來李芮的驚呼。

「你們快看！哇！也太美了吧！」

「好誇張喔！這裡的沙子是銀白色的欸。」魏安莫也興奮的在最前方大聲嚷嚷。

將視線從披薩店的菜單上收回，溫紫晴猛一抬眼，忍不住也被眼前展開的綿延海岸線勾住了神。

沿海的沙灘在和煦的陽光投射下，透著一抹純淨無暇的光澤。

溫紫晴覺得這片沙灘美得很內斂，近看不刺眼，遠看還帶有幾分詩意，環抱著整座島嶼的海水澄澈如玉，這是她第一次看見漸層的海，閃爍著透亮橄欖綠的海水會隨著視野的遠近逐漸轉變為透亮的藍，那是溫紫晴從來不曾見過的顏色，好像很難找到一個合適的詞彙來形容，若說是藍寶石好似過於強烈，可說是天空藍似乎又太過平淡了。

小碧笑著在一旁跟大家介紹，這一片沙灘區便是長灘島最有名的白沙灘，也是遊客主要活動的地方，沿著沙灘有許多海景餐廳，酒吧、夜店以及很多高級的海景飯店，「傍晚夕陽落下的時候，整座沙灘還會被染成紫羅蘭的顏色喔。」

光聽小碧這樣說，就足以想像長灘島的黃昏會呈現出多麼浪漫的景象。但別說是黃昏了，光是現在，這整座沙灘都讓溫紫晴感到十足的夢幻，眼前的景致更是她從來不曾親眼目睹的。

「那艘就是我們等一下要搭的船，等等會帶你們到長灘島最適合浮潛的水域。」

跟在小碧身邊，溫紫晴的視線早已被眼前美麗的海景給佔據，迷迷糊糊的登上了船才發現，他們已經沿著沙灘走了很遠的距離。

船上除了溫紫晴和那群大學生外，還有十名左右的遊客，另外還有四、五個菲律賓船員在一旁引導大家上船。

溫紫晴聽不懂菲律賓話，只知道其中一個穿著寫有「I LOVE BORACAY」字樣T恤的船員，在她們登上船時，笑容燦爛的對著她笑了許久，而後便轉頭對著他身邊另一名五官深邃的菲律賓船員輕聲嘀咕了幾句。

一開始溫紫晴也沒把這件事放在心上，直到身旁的李芮低聲在她耳邊說道：「姊姊，妳不覺得左邊那個菲律賓船員長得很帥嗎？而且感覺身材練得很好。」

於此，溫紫晴才意會過來，她和李芮剛剛很有可能也成為了對方議論的對象。

這艘船約莫可以容納二十人，空間其實還算寬敞舒適，只是今天的風似乎有點強，船身隨著水流不斷左右搖晃。

原本興奮的情緒，也隨著行駛時間的拉長，漸漸被船隻搖擺所帶來的暈眩給取代。

溫紫晴開始覺得身體有些不舒服，暈眩的感覺讓她就要抑制不了想吐的衝動，趕緊閉上雙眼，暗自期盼船隻快些抵達目的地。

「妳還好嗎？」

一道低沉和緩的男聲伴隨著船隻於水面上疾行的馬達聲，一併傳入耳畔。

溫紫晴緩緩睜開眼，只見那名五官深邃的菲律賓青年，此刻正一臉擔心的佇立於自己面前。

雖然知道觀光區的攤販多少都會說幾種觀光客常用的外語，溫紫晴還是被菲律賓青年口中流暢清楚的中文嚇了一跳。她回過頭去看了一眼身旁的李芮，發現李芮也睜著一雙大眼睛，一臉狐疑的望向眼前的男子。

「暈船的話喝點水可能會好一點，我們就快到了。」菲律賓青年臉上漾起一抹好看的笑，恰到好處的臥蠶讓一雙深邃的眼睛顯得更加靈動有神。

儘管覺得自己隨時都有將今天早上吃的香蒜吐司吐出來的可能，溫紫晴還是勉強自己接過那兩罐礦泉水，笑著和對方沙啞的道了句感謝。

吃力的將其中一罐礦泉水交到李芮手上，溫紫晴又一次虛弱的閉上眼睛，想藉此減緩暈船所帶來的不適。

好在船隻在溫紫晴胃裡的食物澈底翻攪至喉嚨之前，搶先停了下來。

「我們到囉！妳們還好嗎？」

小碧和魏安莫等人坐在船的另一邊，直到船停下來為止，才有辦法走過來關心溫紫晴的狀況。

「還好，閉著眼睛就比較沒那麼暈了。」溫紫晴稍稍揉了揉太陽穴，勉強擠出一個甜美的笑容。

「妳們先喝點水緩和一下，等一下教練會教妳們怎麼使用浮潛用具。」小碧貼心的將溫紫晴手中的寶特瓶擰開，示意她多少喝一點。

漂浮在水中的船雖然不像行駛時搖晃的那麼厲害，但待在船上依然讓溫紫晴感到反胃，只希望能快點穿上救生衣離開這艘船。

暈船的不適讓溫紫晴完全忘了初次浮潛的緊張感，穿上教練發給大家的救生衣後，模擬了幾次咬著吹管吸氣吐氣的動作，便跟著排隊下船的乘客一起走向船艉。

三個大學生因為有過浮潛經驗，早就泡在海水中玩得不亦樂乎，魏安莫甚至脫下救生衣潛入海底，等到再次浮出水面時，手裡還拿了一顆灰褐色的海星四處炫耀。

終於，輪到溫紫晴下船了，站在扶梯上，她突然有些緊張，菲律賓教練稍微替她調整了一下救生衣後，對著她豎起大拇指示意她可以下船開始浮潛。

望著水裡一張張歡愉的笑臉，溫紫晴依舊有些猶豫。

真的不會沉下去嗎？

這裡的水很清澈，從扶梯上往下望，暈眩的感覺頓時又向溫紫晴襲來，站在溫紫晴身後的小碧似乎看出了她的不安，走向前對她說：「妳等一下下水如果害怕的話，也千萬不要抓著扶梯上的欄杆不放喔，這樣很容易滅頂。」

小碧沒有出言提醒還好，經過這樣一說，溫紫晴反而更緊張了，雙腳才剛踏入水中，便感覺到嚴重的不安全感。

儘管身上穿著救生衣，溫紫晴還是失控的奮力在水中掙扎，小碧剛才提醒了什麼她全忘了，一心想抓著船邊的鐵欄杆死命的往上蹬，只是她越掙扎身體便越發失去平衡，接連嗆了好幾口海水，好不容易才被在一旁目睹一切的教練救上船。

披上從旅館帶來的浴巾，溫紫晴窩在自己的位子上瑟瑟發抖，小碧見狀擔心的前來安撫飽受驚嚇的溫紫晴，船上除了溫紫晴和小碧之外，幾乎所有的人都在海裡玩得很開心。

就連船上的幾名船員，也興奮的褪去上衣，自由自在的在海裡嬉鬧，即使背對著大家，溫紫晴依然能從身後傳來的歡笑聲，感覺到除了她以外的所有人似乎都很享受泡在海水裡的感覺。

「好可怕，我剛剛真的快嚇死了。」溫紫晴狼狽的用衛生紙抹去從鼻孔不斷滲出的鼻水，應該是因為剛剛嗆了好幾口海水，鹽分太高促成的身體防禦機制。

「妳不要緊張啦，穿著救生衣其實靜靜的不動就可以浮在海面上了，會嗆水都是因為下水的時候太緊張。」

小碧說話的同時，溫紫晴注意到剛剛遞水給她的那名菲律賓船員，正從船艉俐落的翻上船來。

褪去了黑色T恤，帶了水珠的黝黑皮膚在和煦的陽光下閃閃發亮著，若隱若現的肌肉線條，於平坦的小腹上切出巧克力塊的形狀。

不得不承認，他確實很耀眼。

「小碧，妳不下來一起玩嗎？」男人瀟灑的撥了撥沾滿水珠的頭髮，笑著朝小碧和溫紫晴的方向走來。

「下水？拜託，我才不像你那麼好命，我在工作欸。」小碧朝著對方露出一抹調皮的笑，轉身拋了一罐礦泉水給他。

「我也在工作啊。」男人準確的接住了那罐礦泉水，笑著望了溫紫晴一眼，「妳不下去玩嗎？這裡的水很乾淨喔！可以看到很多魚，還有很多海星跟珊瑚礁。」

「我……」溫紫晴一時間不知該如何回應，結結巴巴的坦承道：「我其實……不太會游泳。」

「是嗎，好可惜。」男人又一次擠出燦爛的笑容，打開寶特瓶蓋仰頭灌了幾口。

「啊對了，亞瑟，我記得船上是不是有幾個救生圈？」

不明白小碧為什麼這樣問，溫紫晴開始望著天空中五顏六色的拖曳傘發呆。

為了避免自己一直想起那些煩人的事，今天出門前，溫紫晴早已預先將手機提醒設定成靜音，可偏偏一有空閒，那些她選擇視而不見的訊息，就會通通化作一顆顆沉重的石頭，將她重新拉回深淵。

雖說她好不容易逃到了這裡，但溫紫晴卻總有一種自己似乎只是換了一個地方打轉的感覺。

一切都還停在原點，什麼也沒有改變。

「真的嗎？那就這麼說定囉！交給你了！」小碧突如其來的驚呼，將溫紫晴的思緒帶回現實。

什麼說定了啊？

溫紫晴一頭霧水的循著小碧的視線望去，只見亞瑟抱了一個不知道從哪裡蹦出來的巨大救生圈，笑著接上溫紫晴的目光，「有了這個，不會游泳也沒有關係。」

「對啊，溫小姐我們都大老遠跑來了，妳想再下水試試看嗎？」

「我？」溫紫晴詫異的來回望著小碧和抱著救生圈的亞瑟，「會不會……太麻煩你啊。」

「不會啊，不然妳接下來的半個小時都還要繼續待在船上欸。」亞瑟一面說著，一面緩緩走向溫紫晴，將巨型救生圈套在溫紫晴身上的同時，溫柔的又補了句：「妳等一下只要一直待在這個游泳圈裡就好，其他的交給我。」

遲疑的跨下船身左側的扶梯，幾分鐘前嗆水的恐懼依然讓溫紫晴感到緊張，不過這次身上套了救生圈，心裡確實踏實不少。

亞瑟依舊裸著上身，他已經早一步泡在海水中等待溫紫晴下船，望著他微微倒臥在海裡優雅撥水的模樣，溫紫晴忍不住問道：「你沒穿救生衣，不會害怕嗎？」

聽了她的問題，亞瑟仰起頭來露出一抹狡黠的微笑：「我有救生員執照，也有自由潛水證照，跟拖曳傘相比，我覺得泡在海裡更安全。」

溫紫晴笑了笑，終於放心的整個人泡入海水中，她微微拱起背挎在救生圈上。沁涼的海水沾染上肌膚，溫紫晴愉快的舒展雙腿，在水中來回踢了幾下。不再感到緊張後，她開始有餘裕感受被海水溫柔包覆的感覺。

「我們到前面去看看吧。」

亞瑟緩緩繞到溫紫晴身後，推著救生圈溫柔地帶著她前進。

除了他們以外，不遠處還有另外一艘船的旅客也在這片水域浮潛，看上去不是亞洲臉孔，他們遠遠見到泡在海中的溫紫晴和亞瑟，紛紛熱情的出聲問候，一開始溫紫晴沒聽懂他們在說什麼，直到那句「歐嗨呦！」越來越響亮，她才意識到對方似乎把她誤認成日本人了。

溫紫晴尷尬的笑了笑，舉起手來也對著遠方應了一聲：「歐嗨呦！」

聲音響亮到距離溫紫晴有一段距離的魏安莫等人，也紛紛注意到了她。

「姊姊！我們剛剛還想說妳怎麼不見了！」

李芮見狀拱起手來朝著溫紫晴喊道：「姊姊，妳快從那裡往下看，可以看到很多魚喔，還有紅色的珊瑚！」

溫紫晴笑著朝他們擺了擺手，「等我先克服滅頂恐懼再說！」

遠處的李芮被她的話給逗笑了，笑著又朝她喊了幾句，因為距離太遠溫紫晴並沒有聽清，只是笑著朝遠方的三人揮了揮手。

溫紫晴感覺亞瑟似乎正緩緩推著她，漸漸遠離了其他旅客所在的水域。

「我們要去哪？」

「我帶妳去魚群最多的地方看看。」每次亞瑟開口說中文的時候，溫紫晴都會忍不住在心裡詫異一下。

「剛剛那裡的魚群還不夠多嗎？」

溫紫晴本想回過身去望向亞瑟，可是她忘了自己現在正泡在水中，因為無法妥善掌控方向與力道，挎在救生圈上的手徒然失去平衡，讓她整個人順著水流，轉到了面對亞瑟的方向。

慌亂中，溫紫晴下意識想要抓緊面前的救生圈，以至於再次找回平衡的時候，驚覺自己正以一個非常詭異的姿勢趴在亞瑟面前，因為兩人之間的距離太過靠近，嚇得溫紫晴用力往後一縮，身體又一次失去平衡。

直到再次回過神來，溫紫晴赫然發現果然就如小碧所言，即使不借助救生圈的浮力，身體也能憑藉著救生衣安穩漂浮在水面，耳根頓時一陣滾燙。

下意識躲開亞瑟的視線，溫紫晴漲紅著臉囁嚅的說了句淡淡的抱歉。

沒想到亞瑟卻笑了，他彎起一雙好看的眼睛對著溫紫晴說：「看來這個救生圈，妳再也不需要了。」

語畢，亞瑟便將套在溫紫晴身上的救生圈舉了起來，轉身拋給在他們附近戲水的菲律賓船員。

「剛剛應該是我太緊張了，所以總覺得自己會沉下去。」溫紫晴有些尷尬的抓了抓鼻子。

輕輕拉住溫紫晴的左手，亞瑟示意她將手上的面鏡戴上：「一開始會緊張是很正常的，不要害怕，試著低頭往海裡看看，下面真的很漂亮喔。」

在亞瑟的指導下，溫紫晴緩緩戴上套在手上的浮潛面鏡，一開始她還有些不習慣咬著吹管呼吸，經過幾次反覆的練習後，溫紫晴終於鼓起勇氣緩緩探下頭去。

在一旁的亞瑟始終緊緊抓著溫紫晴的手，溫紫晴可以感覺到在沁涼的水面下於她手腕烙下的溫度。

隔著面鏡往下望，溫紫晴忍不住在水面露出了欣喜的笑容，即使必須咬著吹管才能呼吸，她也不再覺得害怕了。

水面下的魚群在溫紫晴的視線範圍內徘徊，彷彿來到一個截然不同的世界般，一叢又一叢的彩色珊瑚礁有如人行道旁的行道樹，有些看起來像是劇院布簾的絲絨材質，有些看起來就像公園裡的普通石塊，還有一些特別柔軟，順著水流恣意擺動著。

平時只能在電視中看到的平面景象，如今竟活靈活現的呈現眼前，讓溫紫晴感覺有些不真實，她睜大眼睛想看清楚於水底一株粉灰色珊瑚礁間來回穿梭的小丑魚，可還沒看清，亞瑟卻突然鬆開她的手往水裡探去。

擔心溫紫晴會害怕，完全潛入水底之前，亞瑟在水中優雅的轉了一圈，回過身來對著溫紫晴豎起大拇指，比出讚的手勢。

望著自在穿梭於魚群間的亞瑟，溫紫晴隱隱覺得有些羨慕，心想在這裡生活的亞瑟應該每天都能像這樣過著自由自在，毫無煩惱的生活吧。

在船長對著海面上玩得不亦樂乎的眾人宣布浮潛時間結束時，溫紫晴頓時有些埋怨一個小時前的自己，若不是一開始浪費太多時間在擔心害怕上，也許還能讓亞瑟帶著她到其他地方看看，浮潛遠比她想像中好玩多了，海面下的絕美景色深深烙印於腦海，就連在鱷魚島上吃著旅行社安排的螃蟹吃到飽午餐，也依舊讓人難以忘懷。

「姊姊，我好羨慕妳喔，大老遠跑來這裡，竟然還能遇上豔遇這麼好康的事。」李芮剛從小碧那裡學來剝螃蟹的技巧，狼狽的取出蟹肉，輕輕放到嘴邊。

與李芮不同，溫紫晴並不特別喜歡吃螃蟹，將自己碗裡的螃蟹推到李芮面前，語帶笑意的說：「妳都已經有男朋友了，還想要豔遇未免也太貪心了吧。」

「嗯？男朋友？我才沒有男朋友。」

「蛤？」李芮的反應讓溫紫晴感到詫異，愣愣的問了句，「所以……魏安莫……不是妳男朋友嗎？」

昨天在卡蒂克蘭碼頭等候開往長灘島的船隻，溫紫晴便注意到魏安莫和李芮過從甚密的互動，才會理所當然的將他們認做情侶。

「他才不是我男朋友勒，雖然我是喜歡過他沒錯，但……我們不可能。」李芮臉上浮現一抹無奈的笑，頓了頓又說：「妳今天早上不是有問為什麼明明是畢業旅行，卻只有我們三個人來嗎？」

溫紫晴偏著頭有些難以理解的晃了晃腦袋，但她其實並不明白這兩件事之間有什麼關聯。

「因為魏安莫跟他男朋友吵架了。」

從李芮口中聽見「男朋友」三個字時，溫紫晴雖然心裡驚訝，但表面上並沒有太大反應，只是語帶歉意的對著李芮說：「是嗎。看來是我誤會你們了。」

李芮看上去倒是一點也不在意，接著解釋道：「本來說好跟我們同行的還有五個人，但是人多意見就會分歧，魏安莫覺得既然是大學畢業旅行，就應該要去海島國家玩水，但魏安莫的男朋友想去日本或法國走一個低調奢華的行程，所以就吵架啦，受不了他們，真的有夠幼稚。」

溫紫晴一邊聽著李芮不滿的抱怨，一面望著在自助取餐區排隊等候取餐的魏安莫和徐子權，只見魏安莫興奮的夾起一隻螃蟹舉至徐子權眼前揮來晃去，徐子權雖然表情無奈，卻依舊配合的往後躲閃。

老實說光從魏安莫的外表和談吐，溫紫晴還以為他是那種會在校園裡，對女孩吹口哨的男生，沒想到事實卻跟她想像中的完全不一樣。

思緒方走到這裡，溫紫晴腦中赫然浮現一張稚氣的臉龐，她睜大眼睛詫異地抬起頭來，碰巧對上眼前那雙清澈的眼眸。

「啊！」

沒忍住在心裡驚呼了聲。

望著男孩臉上浮現的溫暖笑容。溫紫晴總算明白，徐子權身上那股似曾相似的感覺，究竟從何而來——

「姊姊，我偷偷跟妳說一個祕密喔。」男孩稚氣的臉龐充滿活力，他拱起手湊到溫紫晴的臉頰邊輕聲的說。

「什麼祕密？」溫紫晴很喜歡那個放學時間一到，便會準時來到家門口等待自己的男孩。

在溫紫晴很小的時候，母親就過世了，自有記憶以來，外婆就是她唯一的家人，所以面對這個時常來到家裡串門子的男孩，溫紫晴總是把他當作親生弟弟般照顧。

「我今天在學校收到了兩封情書。」

在溫紫晴耳邊輕輕落下這句話，小男孩興奮的從書包裡掏出兩張折成豆腐狀的粉紅色紙條。

「哇！讓我看看，真羨慕你，我長這麼大都還沒收過情書。」溫紫晴一面笑著從男孩手中接過紙條，一面拿起掛在椅子上的圍裙。

通常這個時間，外婆還在香菇寮裡工作，所以從國中開始，溫紫晴放學回家後的第一件事，便是走進廚房準備晚餐，男孩的父母因為都在台北工作的緣故，所以他一個人跟年邁的外公住在距離溫紫晴家約莫兩百公尺處的低矮平房。

男孩的外公很嚴肅，為了躲避外公，他總是刻意在溫紫晴家待到很晚才會回家。

一開始外婆還會勸他幾句，後來也就習慣了，把男孩當作孫子般疼愛，偶爾提早收工回家，還會順路替兩人準備一份巷口的雞蛋糕。

「你把情書收好先去客廳寫作業，等外婆回家我們就開飯。」

溫紫晴走進廚房熟練的炒了一盤番茄炒蛋，還不忘準備了小男孩最喜歡的玉米濃湯，正打算再多煮一道鐵板豆腐，便聽見外婆從大門走進來的聲音。

「夠，妳在煮什麼，煮得這麼香？」外婆平時習慣和朋友講台語，只有在見到小男孩時，會自動切換成發音不是很標準的台灣國語。

「阿嬤妳回來了！今天有蛋糕嗎！」小男孩很喜歡外婆，所以總是在外婆進門時給予最熱烈的迎接。

「小權，雞蛋糕等一下再吃，先幫姊姊把碗筷拿出去放，」溫紫晴一面從廚房探出頭來叮囑靠在外婆身上撒嬌的男孩，一面又從冰箱裡拿出一把空心菜：「阿嬤！我不知道妳今天會提早回來，我再多炒兩道菜好不好，還是妳想要吃三杯雞？」

「毋免麻煩啦！襯採呷呷就好。」雖然外婆嘴上這樣說，但她還是親自走進廚房，又再多煮了一盤肉絲炒麵和滷雞腿。

「麵煮這麼多怎麼吃得完啊？」看著滿滿一桌的菜，溫紫晴有些不滿的埋怨道，「而且麵這麼多，結果雞腿只有一隻喔！」

「啊你們都還在發育啊，雞腿阿嬤不吃啦，妳跟小權吃就好了，阿嬤牙齒不好。」

「阿嬤我今天在學校有收到情書喔！」

「哎呦真的喔，怎麼那麼厲害。」

稍早對著溫紫晴炫耀過一次的男孩，一邊大口啃著雞腿，一邊興高采烈的再一次將口袋裡的情書拿出來。

「而且還收到兩封。」溫紫晴在一旁笑著補充。

「是齁，啊這樣要怎麼辦。」外婆皺起眉頭，露出有些擔憂的神情：「有兩個女生都喜歡你的話，你這樣要選誰啊？」

「對啊？要選誰勒，好困擾喔。」溫紫晴把剝好的雞腿夾到小權碗裡，轉頭跟著外婆一起逗小權玩，沒想到小權卻突然開口。

「兩個我都不會選啊，因為我已經有喜歡的人了，我喜歡我們班的班長。」

班長？

溫紫晴頓時語塞。

印象中小權班上的班長是一個高高瘦瘦的男生，溫紫晴很常看到小權和對方一起走路回家。

擔心是自己誤會了小權的意思，溫紫晴舉起筷子輕輕往小權的腦袋上敲了一下：「笨蛋，那個是好朋友，不一樣啦。」

聽了溫紫晴的話，小權臉上露出一絲落寞的神情，眨著一雙大眼睛仰起頭來望向溫紫晴：「那如果我也想跟其他人一樣寫情書給班長，那我們還可以當好朋友嗎？」

也是從那一刻開始，溫紫晴才赫然意識到，小權好像和其他孩子有點不一樣。

「小權你聽姊姊說喔，除了姊姊跟阿嬤以外，你在學校絕對不能告訴別人你喜歡班長的事喔。」

溫紫晴開始感到害怕，總是再三對著小權提醒道。

「為什麼？」

「因為……這樣有點奇怪。」

「我喜歡班長……這樣會很奇怪嗎？」

「總之……你千萬不可以讓姊姊以外的人知道這件事，懂嗎？」

雖然當時的溫紫晴也不明白自己這樣做的原因，但是為了不讓小權在學校裡被其他同學投以異樣眼光，溫紫晴並沒有意識到，自己的話漸漸的讓一個年僅八歲的小男孩將自己封閉起來。

直到小權年滿十歲，在台北工作的父親決定將他接到北部升學。臨別前，小權給了溫紫晴一個大大的擁抱，他的身高不高，抱著溫紫晴時頭頂的位置只能剛好碰到她的肩膀。

緊緊抱著小權，溫紫晴卻感覺自己胸口的位置有些濕熱，過了許久後才發現——小權在哭，不是那種帶著不捨的崩潰大哭，而是充滿委屈的抽咽。

「對不起。」十歲的男孩，聲音依舊染著幾分稚氣，不明白小權為什麼要道歉，溫紫晴心疼的將他摟得更緊了。

「我應該要聽妳的話的。」

因為哭得太過傷心，小權說話的時候所有的字都黏在了一起，瘦削的肩膀微微起伏著，像是鼓起了很大的勇氣，他將臉埋在溫紫晴的胸口，口齒不清的說：「班長……說我很噁心……還叫其他同學不要跟我玩，如果……我有聽妳的話，事情就不會變成這樣了。」

抱著哭泣的小權，不知道為什麼，溫紫晴的眼眶也濕了，她覺得好像有什麼東西梗在喉嚨，讓她有些喘不過氣。

小權父親的車子出現在巷子口時，溫紫晴緩緩推開抽泣不止的小權，蹲下身來溫柔的望著他的眼睛，語帶哽咽的吐了一句：「去台北生活以後，你要好好照顧自己。」

那是溫紫晴和小權說的最後一句話。

目送著那台鐵灰色的賓士消失在田野盡頭，梗在喉頭的東西卻依舊沒有隨著小權的離開消逝。

那天晚上，溫紫晴失眠了。

她蜷縮著身子坐在床上，想著小權離開時和自己說的話，還有自從得知小權不為人知的祕密後，那張一天比一天還要更加沉重的笑臉。

溫紫晴很清楚，那樣的表情不該出現在一個年僅十歲的孩子臉上，只是她還是不斷說服自己，她之所以這麼做，都是為了要保護小權。

小權離開後，溫紫晴才發現，這些日子裡，自己從來沒有真正關心過小權的感受，既不問也不聽，只是一昧的將周圍的聲音加諸在小權身上。

在不知不覺間，她也站到了小權的對立面，告訴他，如果跟別人不一樣就會受傷，所以為了保護他不受傷害，便竭盡所能的要他偽裝。

明明是她無法接受最真實的小權，可小權卻沒有怪她。

他對她說：「對不起。」因為他還是無法「正常」，還是無法跟別人一樣。

可是到底什麼樣子才是正常？

面對這樣的疑惑，溫紫晴卻遲疑了。

腦袋像是打了結一樣，她開始搞不清這段時間裡，自己到底都對小權做了些什麼，為什麼在最後聽到他的道歉時，心就像被誰撕裂了一樣劇痛。

她到底有什麼資格……接受小權的道歉？

該道歉的人，明明從頭到尾……都是她。

在那個瞬間，溫紫晴終於明白梗在喉間的到底是什麼。

她緊緊捂著胸口，撕心裂肺的坐在床上哭了起來。

「對不起。」溫紫晴一邊哭著，一邊低聲嘶吼道，她無法控制情緒，一次又一次崩潰的對著窗外吼道。

在那之後，溫紫晴再也沒有見過小權，他的聲音、容貌，也在時間的軌跡裡漸漸變淡，直到變成一塊瘦小的影子，被徹底封存於溫紫晴的記憶裡。

溫紫晴從來沒有想過他們能以這樣的方式再次見到彼此，高中畢業後，溫紫晴也開始了北漂生活，在台北生活了快十年，也許他們曾經擦肩過無數次，卻從來沒有一次像現在這樣靠近。

兒時的許多回憶一時間全於溫紫晴的腦海浮現，從鱷魚島乘船返回白沙灘的路上，溫紫晴不只一次偷偷覷著徐子權那張褪去稚氣的臉龐，說實話，她有些記不清徐子權小時候的樣子，只記得他是一個長相白淨的男孩，一雙明亮的眼睛充滿靈氣，濃密的眉毛於額間舒展成一座小丘的形狀，男孩長得好看她從以前便知道，只是經過了十幾年的歲月，那張清秀光潔的臉龐有了明顯的稜角，高挺的鼻樑加深了眼角向下勾起的弧度，替那雙溢著淺淺微光的眼眸，增添了幾許憂鬱氣質。

這麼多年的時間過去，當年那個抱著她放聲大哭的小男孩，如今已經安安穩穩的長大，望著對面的徐子權，不知道為什麼，溫紫晴突然感覺有些鼻酸，有一股想要衝上前去緊緊擁抱他的衝動，她很想知道這些年徐子權在台北過得好不好，有沒有遇到什麼委屈？又是否有遇到一個不曾要求他改變，好好愛著他的人？

回到本島的時候，已經將近傍晚了，李芮熱情的邀請溫紫晴和他們一起到濱海的餐酒館吃晚餐，徐子權和魏安莫走在前方，溫紫晴和李芮在他們身後緩緩跟著。

「那最後，妳為什麼會選擇跟魏安莫他們一起來長灘島啊？妳不想去日本或法國嗎？」行進間，溫紫晴雲淡風輕的問道。

「其實我去哪都沒差，但徐子權拜託我一定要跟他們一起來。」李芮微微一聳肩，苦笑了下：「因為我家有錢，是所有人裡面最有可能參加兩次畢業旅行的人，我下個月還要跟魏安莫男朋友他們一起去日本。」

「徐子權拜託妳的？」

「對啊，他說不可能只有他跟魏安莫兩個人來，」李芮漫不經心的回應道：「可能是怕魏安莫的男朋友吃醋吧。哎呀，反正他們幾個就是很麻煩啦。」

「原來是這樣。」望著走在前方打打鬧鬧的兩人，溫紫晴有些疑惑苦笑著說：「他們兩個看起來似乎很要好。」

「對啊，他們從大一開始就黏在一起了。」

「是嗎，那……徐子權呢？他在學校沒有交往的對象嗎？」擔心這樣問會讓李芮起疑，溫紫晴接著補充：「聽魏安莫說徐子權是學校裡的風雲人物。」

「他是挺夯的沒錯啦，但我倒是沒見過他跟誰交往。」李芮說著，指了指斜前方米白色的招牌，「就是那間，我們到了。」

走進餐廳前，李芮回過頭接著補充：「偷偷告訴妳，其實我覺得徐子權應該喜歡那種長得超正的女生，至少要像姊姊這樣的他才有可能心動。」

超正的女生？

難不成自從他們分開以後，徐子權就一直獨自守著這個祕密嗎？

想到這裡，溫紫晴的左邊胸口又開始隱隱抽痛起來。

也許是晚餐時間，在他們抵達後不久，餐廳便客滿了，挑了最靠近出口的位子坐下，李芮開始興奮的指揮著大家點餐。

溫紫晴來回翻了幾回菜單，實在不知道該怎麼選擇，最後索性闔上，托著下巴，愣愣地望著對面的魏安莫和徐子權發呆。

徐子權依舊是三人中話最少的一個，魏安莫和李芮比手畫腳的聊著隔天的水上行程，他也沒什麼反應，就只是偶爾在一旁出聲應和個幾句。

溫紫晴注意到每當徐子權看向魏安莫時，眼神似乎都會有些飄忽不定，一開始她還不敢確定，直到李芮又一次提起有關魏安莫男朋友的話題。

從徐子權微微抽動的嘴角，溫紫晴終於明白了男孩目光閃爍的原因。

「喂，你跟陳子浩還沒有和好嗎？」

「妳一定要在氣氛這麼好的時候提到他嗎？」

「一直避而不談才奇怪吧。」

李芮舉起服務生剛送上桌的啤酒豪邁的往嘴裡灌了一口。長灘島的啤酒並沒有比較特別，都是一些平時在賣場可以見到的牌子。

從那之後幾個人的談話就變得斷斷續續的，除了不著邊際的誇讚餐點好吃、啤酒味道順口之外，沒有人主動開啟新的話題。

七點後，餐酒館內的燈稍微暗了些，服務生送上酒水時，還連帶往每一桌的桌面擺上蠟燭。整間店的氛圍與他們剛進來時呈現出截然不同的風格，刀叉碰撞的聲音，也漸漸轉變為酒瓶互碰的派對氛圍。

白沙灘上的餐酒館有許多都是採取半開放的空間，入夜後的長灘島氣溫一下驟降了許多，海風穿過餐廳入口處的低矮木板牆，輕輕撫在被太陽直射了一整天的肌膚上，溫紫晴從剛剛開始就一直覺得鼻尖處有些搔癢，透過湯匙圓弧面的反射才發現整個鼻頭都曬傷了。

自從李芮開啟了有關魏安莫男朋友的話題後，魏安莫便變得沉默了，悶悶不樂的不停啜飲著手邊的啤酒。

「你喝太多了。」徐子權的目光一刻也沒有從魏安莫身上移開，他輕輕接過魏安莫手上的啤酒仰頭猛灌了一口。

「幹，你自己也有，幹嘛硬要喝我的啦。」

「你們都不要吵啦，現在是 happy hour 要喝多少都可以，搶什麼啊，幼稚死了。」李芮似乎對於魏安莫忽然鬧脾氣一事感到很不滿，翻了個白眼後便不再理會兩人，轉頭望向出餐口左側的小舞台。

這間餐廳的駐唱歌手是一個身材豐腴的菲律賓女人，站在舞台上深情優雅的演唱 Ellie Goulding 的〈Love Me Like You Do〉，她的聲音是溫紫晴很喜歡的那種藍調靈魂樂唱腔，配著徐吹來的海風，溫紫晴覺得和手中冰涼的啤酒特別搭。

李芮一口氣喝完兩支黑麥啤酒，兩頰染上一抹淺淺的紅暈，她半瞇起眼開始跟著滑入耳畔的旋律哼唱起來。

溫紫晴感覺身體有些發燙，雙眼迷濛的望了一眼窗外沙灘上的景象，突然覺得現在於眼前發生的一切都好不真實。

在規模中等的行銷公司擔任行政助理很常需要加班到凌晨，偶爾溫紫晴會在回家前穿梭於東區街頭，尋覓一間適合一個人靜靜坐下來喝點小酒的酒吧沉澱心情。

卻從來沒有一次是在這麼放鬆的狀態下，和一群人一起狂歡。

桌上的餐點已經吃得差不多，正當溫紫晴打算提議再多點幾盤炭烤豬肉串時，耳畔卻突然響起李芮的驚呼。

「姊姊，我有看錯嗎？」李芮著急的拍了拍溫紫晴的肩膀。

溫紫晴詫異的順著李芮的目光看過去，只見餐廳前方擠滿了一群隨著音樂興奮熱舞的外國人。

「不是那邊。」李芮伸出食指朝著舞台左側的出餐口指了一下，「妳看，那個服務生……是不是妳今天在浮潛時候的豔遇對象？」

「亞瑟？」

循著李芮手指的方向，溫紫晴終於注意到站在出餐口附近的熟悉身影。

浮潛結束後，亞瑟並沒有跟著他們一起到鱷魚島繼續接下來的行程，溫紫晴本以為應該沒有機會再見到他，沒想到緣分就是這麼奇妙。

亞瑟似乎沒有注意到他們，正愉快的趴在出餐檯的位置和另外一名服務生聊天。

亞瑟為什麼會在這裡？難不成他在這裡工作？還是說他白天當船員，晚上就在餐酒館打工？

「李芮，妳說說看……這次是不是真的是陳子浩太過分！」

正當溫紫晴偏著頭思考亞瑟之所以會出現在這裡的原因時，魏安莫卻突然失控的大聲嚷嚷，聲音大到就連隔壁桌的客人都紛紛轉過頭來觀望。

溫紫晴有些不好意思的和鄰座的韓國旅客點頭致歉，將目光轉回魏安莫身上，才發現不過幾分鐘的時間他正前方的桌面上，又多了好幾罐啤酒空瓶。

徐子權似乎也在這段期間灌了不少酒，將下巴輕輕靠在桌面，兩眼無神的望著舞台的方向發呆。

「他們兩個到底是怎樣啊？」李芮無奈的重重嘆了一口氣。

「我不想要分手……李芮，我真的不想要跟他分手。」魏安莫已經有些神智不清了，失控的握著李芮的手皺著一張臉開始啜泣。

「魏安莫你真的不要再喝了，如果待會敢給我吐的話，我真的會把你的醜樣錄下來發限時動態。」李芮不滿的搶過魏安莫手上喝了一半的啤酒。

「他會不會跟我分手……我不要分手……嗚……」

「齁，不會分手啦。」像是安慰買不到玩具而哭泣的孩童，李芮抽了幾張衛生紙走到魏安莫身旁，「如果為了這種破事分手，我回台灣再幫你教訓他。」

說完還不忘對著一旁垂著眼皮的徐子權叮囑道：「人家為情所困喝掛，你有什麼理由給我喝成這樣！徐子權，不准睡著聽到沒有！」

「喔……嗯。」徐子權吃力的撐開腫脹的眼皮，敷衍的應了一聲。

「唉，真的很受不了，」李芮無奈的站到魏安莫和徐子權位子中央：「你們兩個！知道我們明天要幾點起床嗎？魏安莫你不想玩拖曳傘了是不是？」李芮越說越生氣，沒忍住往兩人身上各祭出一拳。

「唔，妳輕一點啦，很痛，我肩膀曬傷……。」

魏安莫捧著手臂哀嚎的模樣，讓對面目睹一切的溫紫晴忍不住噗哧一聲笑出聲來。

「妳也覺得很荒唐吧？」李芮露出一臉哀怨的神情，苦笑著抬眼望向溫紫晴：「我看……我還是先帶這兩個麻煩的傢伙回飯店休息好了，姊姊妳要再多坐一下嗎？」

「可是……妳一個人可以嗎？需不需要我幫忙？」溫紫晴正準備站起身，卻被李芮出聲阻止。

「不用不用！反正這也不是第一次了，姊姊妳就再坐一下吧，徐子權只是在裝睡而已。」語畢，毫不客氣的又往徐子權臉上獻出一掌：「喂，起來！我們要回去了！」

一把拉起癱在位子上哭得死去活來的魏安莫，李芮苦笑著朝溫紫晴欠了欠身：「那這兩個傢伙我就先帶走了，姊姊明天見。」

「嗯，辛苦妳了，明天見。」溫紫晴露出一抹同情的微笑，目送著李芮和魏安莫的背影走出餐酒館。

徐子權也緩緩站起身來，搖搖晃晃的對著溫紫晴點了點頭呢喃著說道：「姊姊晚安。」說完還不忘擦了擦嘴角邊不小心溢出的口水痕。

這小子到底是喝了多少啊？

望著徐子權走路踉踉蹌蹌的模樣，溫紫晴的目光掃視了一圈桌面上空了的酒瓶，眼角餘光卻突然望見躺在椅子上的一張房卡。

「小權！你的房卡沒拿！」沒有過多的思考，溫紫晴扯開喉嚨對著還沒走遠的徐子權喊道。

聞聲，徐子權微微回過身來，臉上浮現一抹疑惑的神情。

見他半瞇著眼遲遲沒有回應，溫紫晴只好起身離開座位，拾起椅子上的房卡緩緩走向愣在原地的男孩：「拿，房卡要收好，掉了就麻煩了。」

從溫紫晴手中接過房卡，徐子權禮貌的欠了欠身，對上溫紫晴的視線時燦爛的笑了一下。

「謝謝姊姊。」

當那聲「姊姊」從徐子權口中吐出時，溫紫晴只覺得心跳一時間變得飛快。

朦朧間，她好像又一次看見那個總是蹦蹦跳跳，在家門口等候她放學的男孩。

沒有注意到溫紫晴臉上的表情，徐子權在轉身離開前留下了一句淡淡的「再見」。

望著他轉身離開的背影，溫紫晴知道徐子權並沒有認出她來。

獨自佇立於餐廳入口處的木棧道，這個位子剛好介於人聲嘈雜的用餐區，以及入夜後寧靜的長灘島夜色間，海風迎面撫過溫紫晴勾至耳後的髮絲，打散了她梳理整齊披至右肩的長髮。

溫紫晴微微瞇起眼，失神的望向那片看似毫無邊際的海。

都已經逃到這裡來了，逃到了距離她生活的地方幾千公里遠的小島上，那些溫紫晴想要通通拋在腦後的，卻總會在夜深人靜的時候，乘著夜色排山倒海的向她襲來，穿過皮膚孔隙、流進血液之中，一次又一次的提醒著她。

對溫紫晴來說，不想想起來的事有太多太多了。

或許是喝了酒的關係，起初溫紫晴並不覺得特別冷，她默默將座位移動到餐酒館外的戶外座位區，只是與其說是戶外用餐區，說白了就是在餐廳外圍的木棧道上隨意擺了幾張桌子和椅子，從包包裡翻出一包根本還沒開封的薄荷菸，溫紫晴微微斜靠在椅背上，面朝海的方向，對著濕冷的空氣呼出一朵又一朵的菸圈。

溫紫晴沒有很重的菸癮，只是覺得壓力大的時候，多少可以派上用場。

獨自在戶外坐了一段時間，溫紫晴開始感受到明顯的涼意，心想也許是體內的酒精都退的差不多了，便決定再點一杯紅酒。

翻看酒單的時候，溫紫晴的眼角餘光掃視到不遠處有一名服務生，正緩緩往她的方向走來。

「Red wine, please.（給我一杯紅酒，謝謝。）」她並沒有抬起頭來，只是輕輕指了指酒單上寫有紅酒的欄位。

「好巧喔，沒想到又見面了。」

溫紫晴很快認出聲音的主人，訝異的抬起頭來尷尬的應了一聲，「嗨。」

「沒想到竟然能在這裡遇見妳。」亞瑟在她面前擺上一盤剛起鍋的薯條，語帶笑意的說，「這是招待。」

「啊謝謝，你……你在這裡工作嗎？」溫紫晴有些不好意思的撥了撥被海風吹亂的頭髮，略顯僵硬的問道。

有別於溫紫晴臉上的尷尬，亞瑟看起來自在多了，笑著替溫紫晴補滿玻璃杯裡的水，親切的回應道：「沒有，我只是來湊熱鬧的，我跟這間店的店員都很熟。」

語畢，他俐落的收走溫紫晴手邊的酒單，等到再次走回溫紫晴座位旁邊時，手裡多了一支剛開封的紅酒和兩個透明高腳杯。

「如果妳不介意的話，我能坐下來跟妳一起喝一杯嗎？」

「啊……我……不介意。」雖然嘴上這麼說，但面對這突如其來的要求，溫紫晴其實有些不自在。

她想掐熄手邊的菸，無奈桌面上沒有菸灰缸，只能無助的將捏著菸的手暫時擱置在膝蓋上。

「妳可以繼續抽菸沒關係，我不介意。」

亞瑟似乎看出了溫紫晴的顧慮，調皮的對著她皺了皺鼻子，但還是貼心的起身替她從店內拿出一個帆船造型的菸灰缸。

將菸掐熄後，溫紫晴突然覺得自己不該一直沉默下去，正準備找一些輕鬆的話題來緩解兩人之間的尷尬氛圍，沒想到亞瑟卻率先開口。

「剛剛跟妳一起喝酒的學生們都回去了？」

「對，因為他們明天還有其他行程。」溫紫晴吶吶的回應道，本以為亞瑟剛才沒有注意到他們，沒想到他都看見了。

小心翼翼地叉起盤子裡的薯條，溫紫晴接著又問，「你……住在這裡嗎？」

聞言，亞瑟只是淺淺的笑了下，並沒有馬上回答，往兩個空著的高腳杯注入等量的紅酒，才緩緩開口道：「這裡的規矩是，開始喝酒後，才能問對方問題。」

接過亞瑟遞給自己的紅酒，溫紫晴輕輕的仰頭啜飲一口，溫潤的紅酒帶點苦澀緩緩滑入喉嚨，讓溫紫晴覺得整個人頓時暖活了起來，她笑著晃了晃手上的高腳杯，對著亞瑟說：「這樣總可以了吧。」

「可以。」亞瑟笑著舉起手上的酒杯，仰頭三兩下就把杯裡的紅酒通通灌下肚。

「長灘島的攤販大多不是生活在島上，所以……我也一樣，只是來這裡工作而已。」亞瑟微微一聳肩，臉上的笑容又深了幾分：「現在該輪到我了。」

「妳叫什麼名字？」

雖然不明白怎麼突然就開始了你問我答的遊戲，但是溫紫晴並不討厭，「我姓溫，所以……叫我小溫就可以了。」

「小溫。」亞瑟輕聲附和道，接著又一次露出爽朗的笑容，對著溫紫晴說：「這裡的大家都叫我亞瑟，所以，妳也可以叫我亞瑟。」

「是嗎。」儘管溫紫晴早就知道了，但出於禮貌還是配合的裝作剛剛才知道的模樣。

「在這支紅酒喝完以前，我們輪流問對方問題，如果不想回答可以直接乾杯。」亞瑟說著，又往溫紫晴的高腳杯裡補上紅酒。

看著亞瑟一臉認真的表情，溫紫晴突然覺得好笑，像是突然被誰戳中了笑穴一樣，仰起頭來，對著天空忘我地笑著。

亞瑟露出一臉困惑的表情，語帶笑意的追問：「才一杯而已，妳這麼快就醉了嗎？」

「不是。」溫紫晴好不容易忍住笑意，憋著笑佯裝認真的回應，「我只是突然覺得很神奇。幾個小時前，我還跟你一起待在救生圈裡，幾個小時後卻在餐廳遇到你，然後現在跟你面對面坐在這裡玩著奇怪的喝酒遊戲。」

亞瑟聽後，微微聳了聳肩，彎著一雙好看的眼睛調皮的說：「托妳的福，今天一整天我過得很充實。」

「我看你是常常假借服務生的名義，在這裡搭訕落單的旅客吧。」

面對溫紫晴的玩笑，亞瑟倒是一點也不在意，笑著回應道：「我只喜歡搭訕看起來有故事，或是長得漂亮的落單旅客。」

「我看起來像是有故事的人嗎？」溫紫晴覺得好笑，指著自己的鼻尖露出一個「你在跟我開玩笑嗎」的表情。

「那妳應該是屬於後者。」亞瑟說著又一次壞壞的勾起嘴角，輕輕晃了晃手中的紅酒杯：「好了，現在該輪到我問了。」

「我剛剛那題不算吧……。」溫紫晴無奈的笑了笑，最後還是舉起酒杯同意亞瑟發問。

「為什麼一個怕水的人，會想要到一個只能玩水的地方旅行？」

晃了晃手中的紅酒，溫紫晴淡淡的開口說道：「可能是因為……聽說這裡的風景非常漂亮。」語畢，她微微仰起頭來，將杯中最後一點紅酒倒入口中。

亞瑟見狀也毫不猶豫的陪著溫紫晴一起乾杯，喝完後兩人舉著空空的酒杯在夜色下相視而笑。

望著那雙閃爍如星辰的深邃眼眸，溫紫晴微微輕啟雙唇淡淡地問：「你的中文怎麼會說得這麼好？」

聽了溫紫晴的問題，亞瑟微微仰躺在椅背上，緩緩舉起剛剛斟滿的酒杯，在雙唇觸碰上杯緣之前，自然的吐出好幾句溫紫晴根本聽不懂的話。

準確來說，溫紫晴知道亞瑟說了好幾種不同的語言，日文、韓文、法文，其中似乎還夾雜了幾句西班牙文，但她就是一句也聽不懂。

看見一臉疑惑的溫紫晴，亞瑟臉上露出一抹「嚇到妳了吧」的調皮表情，得意的解釋：「不只中文，我還會說很多不同國家的語言。」

「太誇張了吧！這裡的船員都這麼多才多藝嗎？」溫紫晴簡直不敢相信自己的耳朵。

初次見到亞瑟時，本以為他只是個熱愛水上活動的菲律賓船員，沒想到還有這樣的隱藏技能。

「所以妳覺得我是這裡的船員嗎？」亞瑟笑著，用一派輕鬆的語氣問道。

「難道不是嗎？」溫紫晴偏著頭假裝慎重的沉思，「還是說……你是來長灘島拍救生圈廣告的菲律賓明星？」

「那麼我很希望妳的職業是星探，這樣我就可以順理成章的出道了。」

「可惜我不是星探，但我還是希望……這趟旅行結束後，可以把你打包帶回台灣，這樣以後下班無聊就可以找你出來喝酒了。」有些話在血液裡充滿酒精的時候，要想說出口，其實沒有太大的難度。

「不是星探的話，難不成是酒館老闆？」沒把溫紫晴喝了酒後的胡言亂語放在心上，亞瑟半開玩笑的問道。

聞言，溫紫晴單手托腮笑著搖了搖頭，伸出食指在亞瑟面前來回晃了幾下：「跟你說喔，我的工作很無聊，所以……根、本、就、沒、什、麼、好、說、的。」

「是嗎？但是妳看起來不像是會做無聊工作的人。」亞瑟語帶笑意的回應。

「不過值得開心的是，我上個月辭職了！」溫紫晴恍恍惚惚地舉起眼前的紅酒，直接對著口喝了起來。

「恭喜妳解脫了。」

沒看清亞瑟說話時的表情，溫紫晴舉著紅酒瓶搖搖晃晃的撞了對方面前的高腳杯一下。

「乾杯！」她對著亞瑟高聲喊道：「今天可以跟你一起喝酒，我覺得很開心。」

「很開心也要慢點喝。」亞瑟搶過她手上的酒瓶，不疾不徐地往自己杯裡倒。

「為了恭喜妳從無聊的工作解脫，這瓶我請客。」

剛剛一下灌了太多酒，溫紫晴開始感覺身體有種輕飄飄的感覺：「那……我們可以再多喝一點嗎？我好不容易下定決心把工作辭了，大老遠跑……跑來就只是想……逃避一段時間，就一個月的時間……好好搞清楚，我要的，到底是什麼……。」

「所以為了搞清楚自己要的是什麼，妳才會一個人坐在這裡喝悶酒？」

一口氣將面前僅剩的一點紅酒喝完，溫紫晴緩緩抬起頭來，望向對面微微斂起笑容的亞瑟。

「嗯。因為……我的生活簡直一團糟。」

輕輕吐出這句話後，溫紫晴雙手托著臉頰，將手肘歪歪扭扭的壓在桌面上，緩緩眨了眨沉重的眼皮。

「那妳做了很好的決定，這一個月的時間，就跟我一起玩吧。」

這是隔天早上掙扎著從旅館的床上爬起來時，停留在溫紫晴耳畔的最後一句話，她甚至不記得自己最後究竟是怎麼走回飯店的。

艱難地從床上坐起身，溫紫晴的腦袋突然閃過幾個零碎的畫面，心臟劇烈的跳動伴隨後腦勺傳來的陣陣疼痛，也許是前一晚一口氣攝入太多酒精，肉眼可見的腫脹眼皮讓溫紫晴突然意識到，自己前一晚似乎做了很多不必要的事，也說了很多不必要的話。

忍不住一個翻身失控的趴回床上猛蹬雙腿，嘴裡不斷喃喃自語的乞求道：「拜託……希望這一切都只是我在作夢。」

艱難地坐起身來，溫紫晴目光不安的停留於昨天被自己隨意甩在床尾的手機上。

「當初就應該連同那個醜陋的後背包，把你一起丟進海裡毀屍滅跡。」崩潰的揪住吹了一整個晚上海風後打結散亂的頭髮，溫紫晴對著即將從床緣墜落的金色iPhone咬牙切齒的說。

無奈該面對的還是要面對，要怪就要怪她自己沒事和一個初次見面的人在海邊喝酒喝的太開心，都忘記自己這趟旅行的真正目的……。

顫抖的滑開手機，溫紫晴小心翼翼的點開昨天晚上停留的最後一個頁面。

密密麻麻的訊息頓時在眼前展開，不敢直接滑至最新一條消息，溫紫晴不安的一行接著一行慢慢往下滑動。

「對不起，我們聊聊好嗎？」

「妳可不可以不要不接電話也不回訊息？溫紫晴妳到底在哪裡？」

「我知道我上次做得太過分了，但是妳可不可以也站在我的立場替我想一想？」

「我去妳家找不到妳，妳到底在哪裡？」

「已經一個禮拜了，溫紫晴，拜託妳接電話好嗎？」

「我真的不知道還能怎麼辦了，妳同事說妳上禮拜離職了，可是我什麼都不知道，打給我好嗎？拜託了。」

望著一段段迫切的訊息內容，溫紫晴終究還是滑到了她最不願意面對的那一行。

訊息傳送的時間，是昨天晚上的十一點三十七分。

老實說，溫紫晴不確定自己那個時候是不是還跟亞瑟在一起，具體的那些細節她根本記不清了，只是手機裡顯示的證據是她將自己的旅館位置、旅行社資訊毫不保留的通通發給了對方，還雞婆的傳了好幾張昨天浮潛前，在船上拍的風景照。

「我先再ㄗ長ㄊㄧㄢ掏。」看到自己發送的那句難以理解的訊息，溫紫晴真的恨不得現在就馬上把手機摔出窗外。

只是下一秒，她的視線就被對方幾個小時前傳來的訊息給佔據。

「我這幾天試著跟公司請假，爭取下禮拜去找妳。」

看到這段文字，溫紫晴徹底崩潰了，她花了那麼多心力，好不容易才逃到了這裡，如果結局是這樣的話，那她截至今天為止所做的一切努力……不就通通白費了嗎？

將頭埋進枕頭裡放聲吶喊的同時，溫紫晴的腦海中浮現出一張俊朗的臉——

「如果是我的話，應該會很希望對方把心裡真實的想法告訴我吧。」

還有亞瑟在說這句話時，微微起伏的溫暖聲線。

第二章

我成了這樣的我

溫紫晴今天並沒有特別安排行程，加上昨天晚上失去的記憶依舊凌亂不堪的在腦海裡切割，即使足足睡滿九個小時，倒臥在床上的她依然感到渾身疲憊，後腦勺的抽痛伴隨後悔的感覺不斷侵蝕著她的大腦。

短短不到一個小時的時間，溫紫晴的腦海中已經閃過無數慘不忍睹的畫面，還有一些不論她怎麼想就是想不起來的片段。只記得自己昨晚似乎多嘴的和亞瑟說了許多根本不應該提起的事，至於確切說了什麼，不管怎麼努力回想溫紫晴就是沒有辦法全部想起來。

虛弱的癱在床上許久，直到房務人員前來敲門詢問是否需要整理房間，她才心不甘情不願的下床洗漱。

望著鏡子裡那張憔悴不堪的臉，溫紫晴突然覺得自己現在的模樣，簡直可笑至極。

當初匆匆忙忙地和待了五年多的公司提出離職申請，辦了護照、簽證、找旅行社，做了許多這輩子從來沒有嘗試過的事，結果一喝醉，便讓所有的一切通通回到原點。

溫紫晴根本還來不及思考清楚自己的未來到底該怎麼選擇，那個讓她困擾不已的源頭卻說要來這裡找她？平時工作忙得一個月見不上幾次面，卻在她短暫消失的這一個禮拜間，像是瘋了一樣，訊息一天也沒有斷過。

「我真的需要這段感情嗎？」

溫紫晴依稀記得自己好像一臉哀怨的這樣問著亞瑟。

不記得亞瑟具體說了什麼，溫紫晴只覺得之後如果再見到亞瑟，她應該會很尷尬。

畢竟才第一次見面，就成為知道她這麼多祕密的人，溫紫晴簡直不敢相信喝醉酒的自己，會變得如此口無遮攔。

「酒精真的不是一個好東西。」換上一套乾淨整潔的休閒服，溫紫晴決定吃過飯後，一個人到白沙灘去散散心。

雖然也想過極有可能會在沙灘上遇到亞瑟，但是經過一番思考與衡量，溫紫晴依然覺得繼續待在房間裡，除了胡思亂想外，似乎也無事可做，還不如帶著她最愛的單眼相機到海邊拍幾張照，搞不好還能藉此緩解從昨天晚上開始累積的壓力。

在飯店一樓的餐廳吃過簡便的午餐後，溫紫晴便決定沿著主要道路走到商店街逛逛，印象中導遊小碧說過，商店街有很多各式各樣的異國料理跟紀念品店。

來到長灘島已經第三天了，溫紫晴一次都還沒有去過，雖然知道長灘島是個觀光客比本地居民還要多的地方，但她還真沒想過商店街的餐廳一字排開，幾乎看不見任何菲律賓飲食文化的身影，韓式料理、美式家庭餐廳、餐酒館，甚至還有從台灣來的連鎖飲料店。

來到這裡吃過唯一一次比較符合當地食物的餐點，就只有從卡利波機場搭上旅行社安排的遊覽車前往卡蒂克蘭碼頭的途中，小碧從當地小販手中替大家買來的脆皮烤乳豬便當。

「哇，這裡居然還有希臘餐廳啊。」走在人來人往的商店街，溫紫晴的目光不斷被街邊的異國餐館吸引。

四月剛好是長灘島的旅遊旺季，所以商店街充滿了許多遊客，溫紫晴來回在街上走了幾圈，買了兩串可以刻上名字的貝殼項鍊後，還是決定徒步走回白沙灘。

昨天和李芮等人一同走去餐酒館的路上，溫紫晴注意到路邊有一間販賣芒果冰沙的小店，擺在攤位前的芒果看起來非常新鮮，很適合在這樣的天氣喝上一杯，加上走了一段時間，溫紫晴也覺得有些口渴。

背著單眼相機再次回到主要道路，溫紫晴好幾次默默停在路邊，捕捉路上五顏六色的嘟嘟車來回穿梭的畫面，過程中好幾個菲律賓青年配合的減緩行駛速度，對著溫紫晴的鏡頭笑容燦爛的比出「耶」的手勢。

溫紫晴平時不是外向的人，別提主動和別人搭訕了，就連身邊的朋友都很少。不過，她卻在這裡遇到許多熱情友善的人，所以只要有人願意停下腳步與她搭話，溫紫晴都會發自內心的與對方聊上幾句。

偶爾也會主動詢問對方願不願意當自己的模特兒，讓她拍上幾張照片。

就這樣，沿著長灘島唯一一條主要道路，一路走走停停的總算來到了白沙灘。

午後的光景和昨天清晨時分太陽剛剛透出天際的景致不同，天空從原本飽和的湛藍悄悄轉變為柔和的碧藍色。

當陽光從幾朵悠悠飄過的白雲間探出頭來，整片天空又會瞬間被染上一抹金黃。

整座白沙灘大致可以分為三個區塊，鄰近海水的沙灘區，擠滿準備下水體驗水上活動的人潮，以及在陽光下借助強光拍攝旅遊照的遊客；再來便是長滿一整片棕櫚樹的林蔭大道，有許多旅客會在此處面朝海的方向坐著休息；最後便是最靠近主要道路的攤販區，沿著筆直的沙灘開了許多各式各樣的景觀餐廳、小吃攤還有飯店，甚至也有本地人直接擺設一套簡便桌椅，在路邊招攬經過的旅客購買客製化的椰子殼雕刻，或是用鐵絲凹製而成的首飾、配件。

溫紫晴沿路經過幾間餐廳，終於在芒果冰沙的攤位前停下，正當她準備走向前去點餐，卻發現攤位後方站了一道熟悉身影，還來不及反應，對方便搶先一步注意到她。

當兩人四目相接的那一刻，亞瑟率先露出燦爛的笑容，語帶笑意的朝著她熱情的喊了一句：「嗨！小溫！又見面了！」

亞瑟自然的反應，讓溫紫晴產生一種昨晚似乎什麼事也沒發生過的錯覺，不過就算記憶再怎麼不完全，溫紫晴的腦海裡依舊飛快閃過了昨晚的零碎畫面。

至少……最後在人家店門口吐得亂七八糟的樣子，她是有印象的。

竭盡所能表現出泰然自若的模樣，溫紫晴硬著頭皮緩步走向前去，對著亞瑟擠出一個勉強的笑，輕聲說道：「哈好巧喔，居然又在這裡遇到你。」

「妳昨天回去以後還好嗎？」亞瑟一面說著，一面輕輕勾了勾嘴角。

這一次，溫紫晴準確捕捉到那張深邃精緻的臉龐上一閃而過的笑意。

她耳根一熱，結結巴巴的回應道：「還、還……可以。」

「是嗎，那就好。」

亞瑟臉上的笑容越發燦爛，溫紫晴便感到越發無地自容，加上亞瑟身旁還站了一個身型豐腴的菲律賓婦人，正用一個滿是狐疑的表情，上下打量著站在攤位前方許久，卻遲遲沒有開口點餐的自己。

「妳要喝芒果冰沙嗎？」

亞瑟露出潔白的牙齒調皮的扯了扯嘴角，見他熟練的拿起攤位上擺放的芒果，身旁的菲律賓女人似乎瞬間明白了溫紫晴的來意，臉上狐疑的表情轉變為一個大大的微笑，笑著對溫紫晴指了指攤位前分別用英文、韓文、中文、日文各寫了一遍的「芒果冰沙」看板，並用有些彆扭的中文對著她說：「一杯冰沙60披索。」

溫紫晴正準備掏錢，一旁的亞瑟卻轉頭對著菲律賓女人嘟噥了幾句，當她整理好手中的紙幣，將三張平整的20元披索攤平交到菲律賓女人手上時，對方卻露出一個微妙的微笑，皺著鼻子對著她搖了搖頭。

「我跟老闆說，這杯我請妳喝。」在菲律賓女人轉身往身後的冰櫃裡夾取冰塊時，亞瑟悠悠的對著一臉詫異的溫紫晴說。

「不行啦，怎麼可以讓你請，這樣不好啦。」溫紫晴一時間不知道該怎麼反應，只能堅持將手中的鈔票舉到亞瑟眼前。

「不用客氣，反正我昨天因為妳才能喝到免費的紅酒，記得嗎？昨天那瓶紅酒妳最後很乾脆的買單了。」

聽了亞瑟的話，溫紫晴的腦袋裡閃過幾個零碎的畫面，服務生送來了帳單，亞瑟對著她說：「這支酒就算我的，今天就讓我請客吧。」

然而……溫紫晴卻很霸氣的從背包裡抽出一張一百塊美金一把拍在桌上，對著亞瑟和站在亞瑟身旁一臉詫異的服務生喊道：「不用！這瓶酒我買單！你們通通不要插手！今天跟你喝酒……我心情很好！一百塊美金不用找了！多的給你當小費！」

不是一百塊披索，也不是一百塊台幣，而是……一百塊美金。

「小溫，妳喝醉了。」

亞瑟趕在服務生伸出手來收走那張一百塊美金時，連忙將錢推回到她眼前，「把錢收好，我送妳回飯店。」

「我沒醉，讓我請你嘛，拜託啦！就一次，我之前從來沒有請過別人喝酒，你是第一個喔……。」

腦海中的對話停在這裡，溫紫晴實在不敢繼續往下深入，後腦勺又開始隱隱抽痛起來，她僵硬的扯了扯嘴角，極力避開亞瑟的眼神吶吶說道：「那就……謝謝你了。」

其實她現在耳根燙得很想即刻衝進海裡，早知道就不要跑來買什麼芒果冰沙，白白又在亞瑟面前丟了一次臉。

「妳的芒果冰沙好囉！」

將芒果冰沙舉到溫紫晴的面前時，亞瑟還不忘揶揄的補了一句：「這是無酒精的，請安心享用。」

「謝謝。」默默接過那杯冰沙，溫紫晴本想儘速轉身離開，可是轉念一想，接下來幾天也許還會在島上遇到亞瑟，乾脆就不要躲躲藏藏了，仰起頭來有些不安的詢問道：「那個……昨天晚上除了吐在店門口跟講話很大聲之外，我應該沒有做什麼或……說什麼讓你為難的話吧？」

只見亞瑟偏著頭，露出一抹狡黠的笑，輕啟唇瓣悠悠的開口說道：「看來妳真的什麼都不記得了。」

手中捧著沁涼的芒果冰沙，溫紫晴卻一點也開心不起來，連周圍明媚的景色轉瞬間都跟著變得黯淡了。

「妳現在要去附近拍照嗎？單眼相機欸！看起來很專業！」

亞瑟從攤位後方繞到溫紫晴身旁，一邊整理攤位上的芒果，一邊轉頭看著溫紫晴胸前背著的相機問道。

「嗯。」溫紫晴低聲應了一句，稍微調整了一下胸前的相機背袋，決定再一次追問：「昨天……是你送我回飯店的嗎？」

聽了她的問題，亞瑟緩緩抬起頭來笑著接上她的目光：「我打電話請小碧送妳回去的。」

「小碧？」

「嗯，我們以前是同事。」

同事？所以說亞瑟的工作其實是導遊？

話說，從昨天的渡船、餐酒館到今天的芒果冰沙，亞瑟的本業到底是什麼？

盯著在攤位前挑揀芒果的亞瑟，溫紫晴的腦海裡浮現出無數個問號。

正準備開口詢問，來買冰沙的遊客卻突然多了起來，亞瑟忙著接待客人沒空繼續招呼溫紫晴，她也不好纏著對方再多問些什麼，只好帶著滿滿的疑惑，轉身往沙灘的方向走去。

溫紫晴一面走著，一面想著手機裡那封，男友傳來說要和公司請假來長灘島找她的訊息。

昨天發出訊息告訴對方自己現在在長灘島時，她心裡又在想什麼呢？

明明決定不管如何都要瞞著男友直到這趟旅程結束，為什麼不過是喝個酒而已就破功了？

是不是……亞瑟在聽了她的煩惱後，跟她說了什麼，才讓她做出這樣的決定？

就這樣，溫紫晴思緒紊亂的在沙灘上漫無目的的走著，直到遠方傳來熟悉的呼喚，才將她的思緒暫且拉回現實。

溫紫晴站在原地，默默轉身往聲源的方向望去。

只見小碧和李芮正緩緩從沙灘一頭往自己的方向走來。

溫紫晴記得李芮和徐子權等人有額外購買水上活動的行程，現在會出現在這裡應該是行程已經結束，溫紫晴低頭看了一眼手腕上的手錶，不知不覺竟已下午四點了。

待小碧和李芮在距離溫紫晴約莫五十公尺的地方停下腳步，溫紫晴才發覺徐子權和魏安莫並沒有跟來，站在小碧身旁的李芮紅著眼眶，一副剛哭過的樣子。

「怎麼了？」溫紫晴輕聲詢問搭著李芮肩膀一臉憂心的小碧。

小碧朝溫紫晴皺了皺鼻子，用唇形小心翼翼地擠出了「被騙錢了」四個字。

「媽的，該死的王八蛋！」

溫紫晴還來不及搞清楚究竟發生什麼事，就見李芮奮力一踢腿，將腳邊的沙地踹出一個坑來。

「沒事吧？」溫紫晴擔心的拍了拍李芮的肩膀，雖然不知道具體發生了什麼，但光從她的反應來看似乎很嚴重。

「我就跟魏安莫說不要了，他還偏偏要讓那個人替我們拍照，結果拍完了之後，對方跟我們要一百塊美金，我們不想給，他還找來同夥把我們包圍不讓我們離開……」李芮說著情緒一下又上來了，淚水沿著臉頰滑落哽咽的說：「我怎麼會那麼衰啊……要不是我身上剛好有一百塊美金，真的不知道會發生什麼事……。」

看著哭哭啼啼的李芮，溫紫晴一時間也不知道該怎麼辦才好，只能不斷輕拍她的背盡量安撫她，遇到這麼可怕的事，溫紫晴相信不管是誰一定都會很害怕，何況還是在這種人生地不熟的地方。

和小碧一起陪著李芮走回飯店的路上，溫紫晴還是沒有看到兩個男生的身影，忍不住轉頭詢問小碧。

「我請朋友陪他們去當地的警察局報案了，因為除了一百塊美金之外，另外一個男生的隨身行李好像也被偷走了，還好裡面除了房卡、手錶跟一些零錢外沒有什麼太重要的東西，如果是護照的話，可能就會比較麻煩。」

聽了小碧的話，溫紫晴忍不住倒抽了一口氣，沒想到事情居然這麼嚴重，本來以為只是被當作肥羊敲詐了一百塊美金，沒想到還被偷了東西，也難怪李芮會這麼激動。

將李芮送回房間稍加安撫了一頓後，溫紫晴主動提議要和小碧一起去查看魏安莫和徐子權的狀況，難得出國一次就遇到必須到警察局報案的情況，再怎麼成熟的大人都會感到害怕了，更何況是才正要離開校園的孩子，溫紫晴心裡不免還是有些擔心徐子權的狀況。

從小碧剛剛的描述看來，隨身行李被偷的人應該是徐子權，溫紫晴依稀記得他昨天就是背著一個看上去十分顯眼的名牌腰包。

「他們今天不是去玩拖曳傘嗎？怎麼還會被敲竹槓啊？」和小碧並肩走在街上，溫紫晴怎麼想都還是覺得事情應該沒有那麼簡單。

「水上活動的行程大概中午就結束了，我們還一起吃了午餐才分開的，沒想到兩個小時後就接到李芮打來的電話，哭著跟我說她們搭嘟嘟車去海鮮市場附近探險，結果就被騙錢了，男同學的隨身包好像是在拍照的時候取下來，結果一回過神東西就不見了。」

「如果報案的話，東西可以找得回來嗎？」

「我覺得機會不大。」小碧面有難色的回應道：「畢竟這裡也沒裝什麼監視器，根本無法確定東西是被誰拿走的，加上外國人大概待個幾天就會離開，所以即使報案了，也很難在回國以前把東西找回來，但是那兩個男同學好像很希望可以把東西找回來，所以我才麻煩朋友帶他們去尋求警方協助，但我也一直跟他們強調最好不要抱太大的期待。」

「是嗎。」

溫紫晴若有所思的點了點頭，身旁的小碧卻突然停下腳步：「我們應該是不需要趕過去了，亞瑟剛剛傳訊息來說他們已經離開警察局，然後他看那兩個男學生似乎有點沮喪，所以帶他們去吃這裡最好吃的一間炭烤豬肋排。」

「亞瑟？」沒想到會從小碧口中聽到這個名字，溫紫晴訝異的抬起頭來。

「對啊，就是亞瑟。」小碧將手機收回口袋裡，像是突然想到什麼猛的轉過頭來：「昨天就是他打電話給我讓我把妳送回飯店的，妳昨天晚上沿路吐了兩次，身體還好嗎？我看你們昨天喝了不少。」

「還好，我其實有點沒印象了……抱歉，給妳添麻煩了。」溫紫晴對著小碧微微欠了欠身，並且默默在心底發誓，以後絕對不會再讓自己喝成那副不堪入目的德性。

「還好跟妳一起喝酒的人是亞瑟不是別人，溫小姐妳長得這麼漂亮，以後絕對不能隨便在酒吧跟別人拚酒，很危險的。」小碧鄭重其事地說。

「我昨天其實也有點嚇到，酒勁上頭的太快，我上一秒明明還有意識結果下一秒馬上就開始暈了。」

「應該是因為喝混酒的關係，聽說昨天晚上的 happy hour 妳跟李芮他們已經喝了不少啤酒了，今天早上集合的時候，那兩個男同學還有點宿醉。」

溫紫晴和小碧就這樣沿路閒聊，緩緩往商店街的方向走去，因為距離亞瑟說的那間餐廳還有一段距離，小碧便決定帶溫紫晴去吃一間她很喜歡的美式餐廳。

沿路經過幾間韓食館，不免讓溫紫晴感到有些好奇：「小碧，我發現這裡的韓式料理好像特別多，白沙灘那裡還有一間賣韓式炸雞的店。」

「對啊，因為韓國觀光客多，我有一個朋友是帶韓國團的，他說很多韓國客人都吃不慣國外的食物，大概兩三天就需要吃到韓國料理，所以這裡才會有這麼多韓式餐廳。」

「近幾年來台灣的韓國遊客也很多，以前九份的攤販都是在攤位前的看板上標示日文，現在大多都會多標記韓文。」溫紫晴一面說著，一面看向身旁的小碧：「妳常回台灣嗎？」

聞言，小碧輕輕搖了搖頭，緩緩開口道：「我已經在菲律賓生活了很長一段時間了，上次回去好像是三年前的事吧。」

「這麼久啊？」跟著小碧一起走進那間據說很好吃的美式漢堡店，溫紫晴接著又問：「一個人在國外帶團很辛苦吧？妳都帶長灘島的團嗎？」

「我主要是帶來菲律賓玩的台灣團，宿務、檳城、薄荷島，都是我常出沒的地方。」小碧領著溫紫晴走到店內最角落的位子落座，「這間店的漢堡真的很好吃喔，妳可以嘗試看看。」

接過小碧遞來的菜單，溫紫晴隨意瞄了幾眼，反正她每次吃漢堡都是點最簡單的那個，所以根本不用多作考慮。

「妳都不會想家嗎？」

等待餐點上桌的過程，溫紫晴接續剛才的話題繼續和小碧閒聊。

「其實還好欸，我已經習慣在菲律賓的生活了，而且我的家人也都不在台灣，所以對我來說菲律賓更像我的家，我喜歡這裡的人、天氣、生活方式，也很喜歡我的工作。」

溫紫晴完全無法體會小碧這種長年旅居國外的感覺，她覺得光是飲食文化自己應該就無法適應了，切起一塊多汁的漢堡排送入口中，溫紫晴根本無法想像一整年都過著沒有鹹酥雞、滷肉飯還有夜市雞蛋糕的日子，那簡直會要了她的命。

「不過比起我，亞瑟的等級又更高了。」小碧將盤裡的薯條清空，悠悠的開口對著溫紫晴說。

「亞瑟也是這裡的導遊嗎？」再次從小碧口中聽見亞瑟的名字，溫紫晴沒忍住好奇的問道。

「他應該是我見過最猛的一個，不只當過很多地方的導遊，日本團、法國團他都帶過。」

「難怪他會講那麼多個國家的語言。」溫紫晴腦海中浮現亞瑟昨天晚上流利的對著自己說了一連串的外語，突然覺得好像又有什麼地方不對勁。

「可是……為什麼他現在會回到長灘島當船員啊？我昨天還在餐酒館遇到穿著服務生制服的他，今天又變成芒果冰沙的小販。」

「哎呀，他的個性本來就是那樣，他這幾個月都沒有帶團，留在島上交了很多朋友，之前長灘島封島的時候，亞瑟就一直對這裡的風景念念不忘，最近好不容易對外開放了，索性就賴著不走了。不過我倒是第一次看見他跟客人喝酒喝得那麼開心，該不會是對妳一見鍾情吧？昨天在船上，就有聽到幾個菲律賓船員竊竊私語的說妳很漂亮。」

「沒有沒有，怎麼可能，應該只是剛好看到我一個人落單吧。」小碧的話讓溫紫晴有些不知所措，尷尬的連連出聲否認。

「是嗎，我之前倒是從來沒見過他這樣？」小碧擺出一臉狐疑的表情，接著說：「我也不是第一天認識周亞瑟這個傢伙，他平常可是很懂得跟旅客保持距離的，畢竟他是長得蠻帥的，很容易遭人眼饞。」

「周亞瑟？」聽見關鍵字，溫紫晴詫異的瞋大眼睛。

「怎麼了嗎？」不明白溫紫晴為什麼驚訝，小碧偏著頭不解的說：「亞瑟本人是姓周沒錯啊。」

「姓周？亞瑟不是菲律賓人嗎？」

看著溫紫晴一臉認真的表情，小碧卻忍不住「噗嗤」一聲捧著肚子笑了起來，「原來妳一直以為周亞瑟是當地居民嗎？仔細想想確實蠻容易誤會的，畢竟他在這裡每天都泡在海裡皮膚又變更黑了，前幾天剛上島，我看到他的時候也嚇了一跳。」

「可是……他菲律賓話說得很好欸……。」

溫紫晴簡直不敢相信自己的耳朵，一直以來她確實都把亞瑟當作在長灘島工作的菲律賓居民沒有起疑過。

「周亞瑟原本就是個語言天才，真搞不懂他有那麼好的語言天賦幹嘛不去當口譯人員，當導遊又累錢又難賺。」小碧說著又忍不住笑了起來：「溫小姐，難道妳都不覺得他說中文的口音很熟悉嗎？我下次叫他表演給你看，他台語也講得很好呢，甚至還會說阿美族語。」

「所以亞瑟是……」

「他跟我們一樣都是在台灣長大的啊。」

當「在台灣長大」這幾個字從小碧口中吐出，溫紫晴詫異地連話都說不出來了，在原地呆愣了幾秒才結結巴巴的開口……。

「亞瑟他是……是台灣人嗎？」

「對啊。」

溫紫晴突然想起自己前陣子很喜歡看的一檔節目，導演會故意在現場安裝隱藏影機，偷偷觀察來賓的反應。

她的腦海裡浮現出來賓接收到主持人口中誇張的消息時目瞪口呆的模樣，溫紫晴覺得如果現場有安裝攝影機的話，她現在的表情應該會被特寫放大，並且被加上好幾個大大的驚嘆號吧。

結束與小碧的晚餐約會，回到旅館，溫紫晴將在外奔波了一天的衣服換下，於整理得乾淨整潔的床上躺下，仰著頭愣愣地望著天花板發呆。

才來長灘島三天，她卻覺得自己似乎已經在這待了好久了，這裡的空氣處處瀰漫著鹹鹹的海水味道，一開始她還有些排斥，現在竟也漸漸習慣了。

閉上眼睛用力吸了一大口氣，溫紫晴的腦海裡又浮現出昨晚在餐酒館外和亞瑟一起喝酒的畫面。

昨天的她應該是真的感到很開心吧，畢竟在台北生活的時候，她從來就不曾有過一起喝酒的朋友。

今天一整天都沒有把手機拿出來看，溫紫晴明白雖然自己已經接受事情發展的走向，但她心裡多少還是有點逃避。

當初決定要來長灘島放自己一個長假的時候，她沒有告訴任何人，加上她的朋友本來就不多，自然沒有人過問她為什麼突然消失，就連向任職快六年的公司提出離職申請，主管也沒有過問她原因，一句「未來還有其他職涯規劃」就在文件上簽字讓她離開了，連和同事交接工作都沒有花上太多的時間。

溫紫晴突然覺得自己可笑，過去五年多有多少個日子在公司加班到深夜，行政工作吃力不討好，工作內容枯燥，每天待辦的庶務多到數不清，可卻也是全公司最容易被取代的崗位，任職期間溫紫晴遇過很多同事離職，可她還是堅持下來。

除了轉換跑道也不知道自己還能做些什麼以外，溫紫晴知道現實狀況根本容不得她任性，從小領低收入戶補助長大，溫紫晴最大的夢想就是賺很多錢讓外婆過上好日子。

溫紫晴大學時期忙著打工根本沒空談戀愛，出社會後在朋友的介紹下認識了現在的男友，對方是收入穩定的工程師，別人嚮往那種轟轟烈烈的愛情，溫紫晴沒談過。

因為對她來講比起不切實際的幻想，現實條件才是她的主要考量。

像她這樣的人就連談感情都必須要精打細算，但是不代表她沒有真心對待自己的另一半，溫紫晴覺得自己是喜歡他的，而她同時也明白男友雖然木訥了點，可其實對她很不錯。

他會在每週五晚上下班後，特別開車從新竹來到溫紫晴的租屋處樓下，偶爾還會貼心的準備宵夜，當然溫紫晴也會適時的安排時間到新竹找對方，替他打理一些簡單的家務順便煮上幾道家常菜，他們從來沒有為了任何事情吵過架，除了這一次的爭吵外……兩人之間的相處一直都是平淡安穩、相敬如賓。

溫紫晴不確定自己偷偷逃來長灘島的原因是不是因為那次爭吵，可她很清楚，他確實是她暫時想要逃離的一部分……。

千頭萬緒在溫紫晴的腦海中不斷交織，正當她因為天花板上的日光燈太過刺眼，想起身將房內的燈光調暗時，床頭櫃的手機卻無預警的亮起。

強迫自己做了一個深呼吸的動作，溫紫晴緩緩伸出手，將手機螢幕上跳出的訊息滑開。

「公司那邊我已經處理好了，看了一下行程、機票還有簽證手續，我最快下禮拜就能去找妳。」

「期待見到妳，聽說長灘島的風景很漂亮。」

「如果看到訊息的話，再麻煩回覆我一下，就不打擾妳休息了，晚安。」

怔怔地望著那幾行訊息，點開相簿隨意傳了幾張在白沙灘上拍的空景照，按下傳送鍵後螢幕又跳回了聊天視窗，來回望著那幾行訊息，溫紫晴怎麼樣都不覺得這是交往兩年的男女朋友之間會出現的對話。

沒忍住接著往上滑，兩人的對話無非都是「下班了嗎？」「你幾點到？」「小心開車。」之類的簡易問答。

第一次見男友打那麼多字，也難怪自己會覺得不習慣了。

默默嘆了口氣，溫紫晴決定暫時將手機關機，直到下次想起來前都不要再打開。

將房內的燈光調暗，溫紫晴又一次恢復成平躺的姿勢，只是不論眼皮再怎麼沉重，再怎麼翻來覆去，她就是無法闔眼。

腦海頻頻閃過那些，不管怎麼樣，她都不想再回憶起來的畫面……。

最終，溫紫晴受不了，用拳頭憤怒的擊打了一下那張充滿漂白水味的單人床，不滿的坐起身來，對著房間空氣怒吼了一聲：「幹！真的煩死了！」

煩躁的走下床，她伸手抓起隨意披在椅子上的外套，心緒紊亂的走出房門。

比起躺在床上翻來覆去地睡不著，溫紫晴寧願到海邊走走透透氣，雖然才剛發誓不碰酒精，但潛意識裡又有一種也許喝了酒就能安安穩穩的一覺到天明的想法，畢竟，什麼都不去想，才是現在的她最需要的。

拖著沉重的身軀，溫紫晴心情鬱悶的穿過主要道路，走向通往白沙灘的小巷。

接近十二點的大街上，只剩幾組零星的遊客，白沙灘上的酒吧倒是有不少人正在狂歡，只是除了鄰近的幾間酒館外，大部分的餐廳和商店也已經熄燈休息，整座沙灘相較於白天時熱鬧喧嘩的光景，顯得安靜許多。

藉著沙灘上零碎的燈光，溫紫晴迎著海風漫無目的的在沙灘上走著。

也不知道這樣心緒煩亂的走了多久，直到溫紫晴注意到不遠處的沙灘有一道熟悉的身影。

愣愣地望著那道靜靜坐在沙灘上發呆的背影，溫紫晴忍不住感到納悶。

「那個人……不是亞瑟嗎？」

都這麼晚了，亞瑟一個人坐在那裡幹嘛呢？

正準備走向前去，身後的酒吧卻傳來熟悉的聲音。

「魏安莫，不要走那麼快。你真的喝太多了！」

循著那道熟悉的嗓音回頭望去，溫紫晴才發現徐子權正拉著魏安莫從一間音樂酒吧裡跌跌撞撞地走了出來。

魏安莫的狀態看起來不是很好，用力甩開徐子權牽著他的手，用盡全身的力氣嘶吼道：「這下好了，如果被陳子浩知道我把他送我的手錶弄丟了……他……一定會很生氣……都是因為你……早知道就不要放你那了……噁。」魏安莫話說到一半，沒忍住倒在徐子權身上一陣嘔吐。

溫紫晴本想走上前去幫忙，但沒走幾步又覺得兩人之間的氛圍似乎不太適合自己介入，便又默默退回距離酒吧約莫五十公尺處的餐廳屋簷下，決定先暫且觀察一下狀況。

徐子權並沒有推開倒在自己身上嘔吐的魏安莫，只是不斷輕拍他的背，低聲哄道：「對不起啦，我不是故意要把東西弄丟的。」

嘔吐物沿著徐子權的肩膀流下，白色的運動外套瞬間多了好幾塊淡黃色的斑塊。

魏安莫依然不死心，一邊吐一邊失控的喊道：「那是他……打工存了好久的錢嗯……才買來送我的錶……嗯……。」

「好，都是我不好，拜託你不要再這樣了好不好，我們好不容易都來到這裡了，結果你每個晚上都喝成這樣，你這樣……」後面那句話徐子權說的很小聲，但溫紫晴還是準確聽見了那句含糊不清的「我會很擔心……。」

魏安莫蹲在徐子權腳邊，整張臉皺成一團，看起來似乎真的喝多了。

「我們後天回去了……如果陳子浩生氣到要跟我分手……你說該怎麼辦？」魏安莫的語氣聽起來有些哽咽，說起話來也有些顛三倒四的。

「不會的。」也不管自己被吐了一身穢物，徐子權默默蹲下身來替魏安莫擦拭弄髒了的衣服。

「徐子權，我們這次吵得那麼兇，如果最後他……他真的不要我了怎麼辦？」

「……反正都要畢業了。」一陣沉默後，徐子權用毫無起伏的聲音回應道。

「你別說得一副事不關己的樣子。」聽到徐子權的回答，魏安莫沒忍住用力往對方身上送出一拳，他沒掌控好力道，導致徐子權一時間重心不穩，重重跌坐在地。

也許是覺得徐子權跌倒的姿勢很滑稽，魏安莫咧開嘴指著跌坐在地一臉錯愕的徐子權放肆的笑了，臉上掛著淚痕的他微微仰著頭，捧著肚子大聲笑著。

見到魏安莫的反應，本想對他生氣的徐子權露出一臉莫可奈何的表情，緩緩站起身，再次走回魏安莫身旁蹲下。

「白痴喔，你推那麼大力幹嘛啦，很危險欸。」

儘管嘴上這樣說，徐子權的語氣裡卻不帶一點責備，他用力扯了扯魏安莫皺成一團的衣領，繼續為他清理身上的嘔吐物。

「徐子權。」

一陣沉默後，魏安莫半瞇著眼，有些含糊不清的喚了聲徐子權的名字。

「幹嘛啦。」徐子權沒好氣的回應道：「你可不可以安分點，都吐成這樣了。」

「可是你好臭喔。」

「還不都是因為你！」徐子權說著翻了個白眼，「我很喜歡這件外套欸，就叫你不要喝那麼多了嘛，明天起來如果又被李芮罵我真的不會管你喔。」

聽了徐子權的話，魏安莫默默點了點頭，像個闖了禍被處罰的孩子，整個人縮在徐子權身邊，安靜的讓他替自己整理衣服上的殘渣。

「魏安莫，你不要一直動，這樣很難清。」徐子權伸出空著的左手微微使力按住魏安莫的肩膀，結束最後的清潔動作。

「徐子權。」望著整理地板上殘餘衛生紙的徐子權，魏安莫又一次輕聲喚道。

「幹嘛，你知道你今天晚上真的很失控嗎？」徐子權沒有回頭，繼續認真的清理地面。

「你可不可以……」魏安莫話說到一半忽然打住，惹得徐子權好奇地回過身去，望著那張欲言又止的臉龐，有些顫抖的問道，「可不可以什麼？」

「你……可不可以，不要去美國啊。」魏安莫的聲音也有些顫抖，稍微吐過之後酒勁似乎有些退去，可他整個人看上去依然還有些神智不清。

「我不去美國要去哪裡？」徐子權緩緩停下手邊工作，目光直直地望進魏安莫眼裡。

「你……可以留在台灣啊，有我，還有李芮……還有你最喜歡吃的大腸麵線，還有……陽明山，你不是最喜歡去陽明山上看夜景了嗎？之前我們吵架的時候你都會一個人偷偷騎車到山上，你以為我不知道，但我其實都知道喔。」

「你是變態喔，幹嘛偷偷觀察我。」徐子權隨意拾起地板上的一團衛生紙朝著魏安莫身上丟去。

魏安莫沒有閃開，衛生紙團擊中他的胸口又一次落回地面，他屈起膝蓋將頭埋在兩膝之間，有些哀怨的說：「無情的傢伙，枉費我這四年一直把你當作最好的朋友。」

「就算我去美國……。」徐子權話說到一半頓了頓，隔了許久才又接著說：「你還是一樣……可以把我當作最好的朋友啊。」

「最好的朋友……。」魏安莫複誦了一次徐子權的話，闔上眼睛笑了笑：「你永遠都會是我最好的朋友，所以如果你去美國……有人敢欺負你的話，一定要告訴我，我……會馬上飛過去找你，打勾勾？」

無視魏安莫舉在眼前的手，徐子權輕輕地笑了笑。

「呿，無情的傢伙。」魏安莫低聲抱怨，自討沒趣的收回高舉的手。

「這麼中二的事，拜託你國小畢業後就別再做了好嗎？」徐子權移動到和魏安莫面對面的位子，效仿他屈起膝蓋坐著的姿勢，「再說……就憑你，可以做什麼啊？你才不要又被別人欺負！」

聽了徐子權的話，魏安莫癟了癟嘴有些含糊不清的說：「欸，反正就算你去美國，有什麼不開心的事都還是可以跟我說啦。」

「什麼都可以嗎？」

「對，什麼都可以。」

聽了魏安莫肯定的回答，徐子權跟著輕輕地笑了，他靜靜望著坐在原地沉沉睡去的魏安莫，就這樣過了許久。

徐子權心裡多希望時間可以永遠停留在這一刻，儘管他明白過不了多久這一切便會通通結束，只要想到魏安莫醒來之後就會把一切通通淡忘，就讓徐子權心裡很不好受。

掙扎了許久，徐子權還是按耐不住，緩緩挪動身軀雙膝跪在地上，上半身傾向魏安莫的方向，微微撥開沾黏在他額間的碎髮，然後輕輕地落下一吻，這個吻結束的很快，短暫到……徐子權很確定魏安莫隔天早上醒來時絕對不會記得。

短暫到——不足以動搖他們的友情。

回到原本的位子上，魏安莫依然動也不動沉沉酣睡著，徐子權不再看向魏安莫的方向，他微微轉動身軀面朝海，默默地望著不斷拍打上岸的海浪發呆。

酒吧裡不斷有結束狂歡的旅客進出，經過徐子權和魏安莫身邊時都會多往他們的方向看兩眼。

不過，徐子權並不在乎，魏安莫在一旁沉沉的睡著，只要不吵醒他，他想再多享受一下這短暫的片刻。

時間彷彿澈底停滯了，眼前的沙灘依舊漆黑一片，只能從耳邊呼嘯的風聲與海浪拍打上岸的聲音感知道時間的流逝。

魏安莫的肩膀微微起伏著，即使不往他的方向看，徐子權也能感受到自他鼻尖不斷呼出的氣息，忍不住將頭側著靠在膝蓋上，就這樣靜靜的望著魏安莫伏在膝上熟睡的模樣。

「我去美國以後……你才不要又被欺負。」凝視著魏安莫平靜的睡臉，徐子權忍不住憶起第一次在校園裡見到魏安莫的情景。

管理學的課堂上，年輕男老師站在講台上登記班上同學的購書意願。

全班就只有魏安莫一個人勾選了「不購買」的欄位，當著全班同學的面，年輕男老師把魏安莫叫了起來。

「魏安莫同學，你剛開學不買課本，有什麼特別的原因嗎？」老師的語氣溫和，臉上的表情卻有一種難以言喻的微妙，徐子權一時間無法準確說出那是什麼樣的感覺。

「我……我會跟同學借來看……開學有太多費用要繳了，所以……。」

「所以就是沒錢？」

老師自以為幽默的玩笑讓徐子權詫異的抬起頭來，看著那張虛假的笑臉，徐子權頓時明白剛剛那個微妙的表情——是鄙視。

沒等魏安莫回話，台上的年輕男老師又擺出一臉擔心的模樣，「老師知道了，如果之後有什麼困難，或是沒錢吃飯，絕——對要跟老師說，知道嗎？」

「是，感謝老師。」魏安莫的頭已經低到快要碰到桌面了，徐子權不敢看他臉上的表情，只是默默怒視著站在講台上裝腔作勢扮演好老師的男人。

在那之後，魏安莫既沒有參與班上活動，就連迎新晚會都沒有到場，開學一個月後在班上幾乎沒有任何一個熟識的同學，直到幾個月後，年輕男老師再次拿著自己剛出版的書走進教室，對著台下的同學說：「同學開學買的那本課本跟這本一樣重要，所以建議大家這本書一樣要買，圖書館雖然借得到舊版的，但是跟這本相比還是有很多內容上的差異，建議同學們還是以新版為主，我現在就把購買意願單傳下去。」

年輕男老師將購買意願遞給靠窗第一位同學時，還不忘補充：「跟老師買的話，老師直接給同學們打九折，再多附贈一本行銷管理學的書。」

徐子權根本不在意買了這本書後會多拿到什麼，之前就有聽學長姊說這個教授每次只要一出新書就會在課堂上用半強迫的方式推銷學生買書，如果學生不買的話就會被叫起來詢問原因，而且一整個學期都會被針對跟刁難。

當購買意願單傳到徐子權手上時，他一眼就看到寫有魏安莫名字的欄位後方，勾選了「不購買」的選項，只是在「購買」選項的欄位上卻有一道淺淺的藍筆滑痕。

徐子權緩緩抬起頭來往教室最角落的方向看去，從這個方向看不到魏安莫的表情，只能看到他微微下垂的肩膀，以及空無一物的桌面。

沒有過多的猶豫，徐子權在寫有自己名字的欄位後方，也勾選了「不購買」的那一格。

當單子傳回老師手中時，徐子權明顯看見那張敦厚老實的面龐上，浮現出一抹不悅，但男人還是裝作一副自然的模樣輕聲問道：「不好意思，魏安莫同學跟徐子權同學，可以麻煩站起來嗎？」

偌大的教室裡，徐子權緩緩站起身來，不顧周圍數十雙眼睛的注視，抬頭挺胸的站著。

「那個……徐子權同學，請問你家裡也有經濟方面的困難嗎？」男人上下打量著徐子權，緩緩開口道：「看你的穿著打扮，老師覺得不像啊。」

「我不想買。」徐子權淡淡地回應：「一本書要八百塊，如果買了那我接下來一整週都不用吃飯了。」徐子權回話的時候絲毫沒有閃躲，目光堅定的盯著眼前男人漸趨猙獰的五官。

「老師可以理解……」男人微微皺了皺鼻子，目光落在徐子權身上的運動品牌套裝上，「只是老師覺得比起學習，徐子權同學好像更樂意把錢花在穿著打扮上。」

語畢。男人重重將手中的意願調查表拍到講桌上，不悅地對著台下說道：「下禮拜開始請同學兩兩一組，分組報告今天購買的課本章節，為了保障購書同學的權益，請兩位沒有買書的同學一組，其他人在今天下午五點前將分組名單交給班代。」

面對年輕男老師針對性的安排，全班沒有一個人敢吭氣，下課鈴聲一響，幾名迎新活動上認識的同學紛紛聚集到徐子權身邊。

「喂，你幹嘛跟老師過意不去啊，你明明就知道他怪怪的，就照他說的付錢買書不就好了嗎？」理了平頭的男同學跨坐在徐子權座位前，語帶疑惑地問。

「沒有啊，就真的沒有多餘的錢可以買書而已，才剛開學光買他的課本就花了快兩千塊。」徐子權聳肩，面不改色的回應。

「別說啦，之前就覺得那個老師很怪，結果上週聽吉他社的學長說……」眼前的平頭男突然開口，打斷了同學們的談話，「那個老師……好像是gay的樣子。」

「欸我也有聽說，聽說他的電腦桌布都是猛男的照片，幹他媽超噁的。」

聞言，徐子權詫異的仰起頭來，雖然不是第一次聽到這種話，但他依然感到一股不知名的情緒悄然從心底湧出。

不是憤怒，也不是難過。

就是……

有些不知所措。

他似乎也該和周圍的同學一樣笑著附和這個玩笑，因為在這個當下，他們共同的敵人是逼迫同學們購買講義的教授。

這些人明明在替自己和魏安莫打抱不平，但是為什麼他卻覺得自己好像不只站在教授的對立面……。

面對這樣充滿惡意的玩笑卻笑不出來的自己，在偌大的教室裡顯得突兀，那些笑聲、嘲諷，彷彿都是離他很遠的事，卻總是一而再再而三地提醒著他……他不一樣……。

他既不認同教授的行為，卻也同時不被身旁這些看起來和他站在同一條線上的同學們認同……。

很多時候……徐子權會覺得自己就像一顆誤入巧克力糖罐的草莓軟糖，緊緊裹著和其他巧克力一樣的糖果包裝，竭盡所能的將自己隱匿其中，小心翼翼的行動，就怕自己身上的包裝不小心脫落。

不知道從什麼時候開始，他也漸漸開始害怕起自己的不同。

所以他更羨慕魏安莫，跟自己比起來，魏安莫實在勇敢的多。

因為那個分組報告的課堂作業，徐子權和魏安莫漸漸開始熟識起來。

徐子權成為了魏安莫在班上唯一的朋友。

第一次與魏安莫搭話，徐子權才發現魏安莫原來是個很健談的人。

「如果沒有你我真的不知道該怎麼辦。」魏安莫臉上漾起一抹大大的微笑，開朗的對著徐子權說，「不過，沒有課本我們要怎麼做報告啊？」

很奇怪，望著那張看著有些憨厚的笑臉，徐子權卻總有一種想多看幾眼的衝動。

「只能跟其他同學借囉。」雖然語氣平淡，但他知道自己心裡充滿了波瀾。

「好像也是。不過，你為什麼不買課本啊？」

「沒有啊，因為那本書太貴了。」徐子權隨便找個理由搪塞，而單純的魏安莫似乎對他的藉口深信不疑。

「欸！那我打工那間咖啡店最近很缺人，剛好店長很在乎外場工讀生的長相，如果你缺錢想要打工的話，歡迎來當我同事。」

面對魏安莫的邀請，徐子權毫不猶豫的答應了。

反正爸爸三年多前就到國外工作，現在家裡就他一個，不管要打工還是唸書都不會有人管他，不過，最重要的還是——他想跟魏安莫待在一起。

「我們家有四個小孩，我是老大。我媽去年因為心臟不好開刀住院，現在家裡就只剩我爸在工地做工的薪水，家裡弟弟妹妹都還小，我又跑來台北念書，如果不打兩份工的話在台北根本沒有辦法生活。」

漸漸和魏安莫熟識起來，徐子權意識到自己似乎真的很喜歡這個表面樂觀開朗，但身上卻肩負著許多現實包袱的男孩。

他想要替他分擔，卻又擔心自己的心意會在不知不覺中暴露出來，所以徐子權一直很清楚，在不跨越那條界線的前提下，自己唯一能做的就是靜靜待在魏安莫身邊。

和魏安莫在一起時，他總是小心翼翼，保持著普通朋友間該有的距離。

他們的交情只能建立在同班同學還有同事之上，除此之外不能再有更多——

鹹鹹的海風不斷拍打在徐子權臉上，褪去被魏安莫吐得一塌糊塗的外套，他禁不住打了個冷顫，思緒再次從回憶中被拉回現實。

徐子權感覺周圍的溫度似乎又低了些，凜冽的海風不斷拍打在肌膚上，讓他意識到似乎不能繼續讓魏安莫坐在這裡吹風。

他嘗試拍了拍魏安莫的肩膀想將他喚醒，魏安莫卻依舊雙眼緊閉一動也不動的蜷縮著身子，嘴裡默默呢喃道：「好冷。」

「冷嗎？」

擔心魏安莫會感冒，徐子權嘆了口氣，緩緩站起身來對著魏安莫輕聲的說：「走吧，我帶你回飯店。」

語畢。他嘗試將魏安莫拉起，卻發現魏安莫實在太醉了，完全無法憑藉自己的力量起身。在原地僵持了許久後，徐子權最終仍然無法成功將魏安莫拉起，滿頭大汗的癱坐在地大口喘氣。

正當徐子權苦惱著到底該怎麼將魏安莫順利帶回飯店時，身後忽然響起一道清亮的女聲。

「需要幫忙嗎？他看起來很醉。」

見到來者，徐子權有些訝異，睜著眼睛吶吶的問了句：「姊姊？這個時間，妳怎麼會在這裡？」

「我睡不著，來海邊散步，結果遠遠的就看到你們兩個。」溫紫晴對著徐子權漾起一抹親切的笑，指了指蜷縮在地的魏安莫：「我扶左邊，你扶右邊，我們一起把他扛回去吧，不然他太高大了，只靠你一個人絕對沒有辦法。」

溫紫晴蹲下身準備扶魏安莫起身，見徐子權依然愣愣待在原地，苦笑著覷了他一眼，語帶笑意的說：「還愣在那裡幹嘛？想讓他在這裡吹一整個晚上的海風嗎？」

聞言，徐子權才愣愣的搖了搖頭，緩緩跟著蹲到魏安莫身旁，仿效溫紫晴的動作，將魏安莫的手搭在肩上。

兩人費了很多力氣，好不容易才終於把熟睡的魏安莫扶起，搖搖晃晃的在沙灘上艱難的前進。

「你是灌了他多少酒，他才會醉成這樣？」行進間，溫紫晴忍不住笑著問道。

「我……我也不知道會變成這樣，很抱歉給妳添麻煩了。」

本來只是想開個玩笑，沒想到會換來這麼正經的回應，溫紫晴一時間也不知道該回些什麼，只能淡淡的點點頭應了句：「是嗎。」

在那之後，兩人便不再交談，一左一右的攙扶著魏安莫，直到終於離開寸步難行的沙灘，艱難的走進旅館大廳。

櫃檯的服務人員見到狼狽走進門的三人，露出一抹狐疑的神情，但還是很快恢復笑容詢問他們是否需要幫忙。

在房務人員的協助下，好不容易才將魏安莫扶上床，溫紫晴累的直接癱坐在地。

「抱歉，我真的太累了。讓我休息一下。」

大口喘著氣，也顧不得這裡是徐子權和魏安莫的房間，溫紫晴累得仰起頭來看向忙著收拾髒衣物的房間主人：「可以給我一瓶水嗎？」

貼心遞上一瓶礦泉水，徐子權吶吶的對著溫紫晴說了句：「辛苦了。」

剛剛一路上都在大口喘氣，溫紫晴覺得喉嚨乾燥的就快要燒起來了，急促的接過礦泉水，仰頭一陣猛灌。

徐子權也給自己拿了一瓶水，在溫紫晴身旁默默坐下。

昏暗的房間內，頓時只剩下兩人靜靜喝水的聲音，還有靠近房間角落的單人床上魏安莫規律的呼吸聲。

「妳的床很硬嗎？」

不知道過了多久，徐子權緩緩開口打破兩人間的沉默。

「我？」溫紫晴被這突如其來的提問給逗笑，轉頭看向一臉無辜的徐子權：「為什麼這樣問？」

「啊？因為……妳剛剛說妳睡不著。」徐子權有些不好意思的斂了斂眼皮。

溫紫晴舉起手拍了拍身後的單人床，笑著回應：「那你覺得你的床硬嗎？」

「我？我覺得還好啊，我這幾天睡得蠻好的。」

「那看來你進步很多，你以前可是從來不睡硬床的。」也許是並肩坐在一起聊天的感覺太過熟悉，溫紫晴沒有太多思考，便將小時候徐子權在外婆家打地鋪的回憶脫口而出。

「那已經是十幾年前的事了吧，我以為妳忘了。」徐子權說著，不好意思的撓了撓後腦勺。

「所以……你早就認出我是誰了嗎？」

溫紫晴有些訝異，本來還想著如果徐子權露出一臉錯愕的神情，自己要從頭到尾和他解釋一遍，沒想到徐子權竟然還記得。

「我一開始不太確定，直到昨天晚上聽見妳喊我小權。」

徐子權背靠著身後的單人床，有些不好意思的說。

「是嗎。」溫紫晴語帶笑意，「畢竟這樣相遇的機率真的太小了，過去這麼多年的時間都見不到的人竟然能在這裡見到，真的好神奇。」

溫紫晴也效仿徐子權，將頭輕輕靠在身後的單人床上，這樣坐讓她頓時有種回到十幾年前，外婆還沒回家時兩人一起窩在房間裡玩耍、寫功課的感覺。

「我其實有去找過妳……。」

徐子權緩緩開口對著溫紫晴說：「那時候我以為妳還在南投生活，所以升大二的暑假自己一個人買了火車票……想去看看妳和外婆，結果就聽到妳幾年前就已經到台北工作的消息。」

「然後呢？你不是也在台北嗎……怎麼沒有來找我？」溫紫晴的語氣裡沒有半點責怪，因為她也很疑惑，為什麼自己那麼多年的時間從來都沒有找過徐子權。

「我怕打擾到妳……」徐子權緩緩開口：「我本來有打算一回台北就去找妳，只是回程的時候突然覺得，如果妳好幾年前就已經來台北工作，卻從來沒想過和我聯絡，會不會其實不想被打擾……加上我們又這麼多年沒見了……。」

聽了徐子權的話，溫紫晴默默拿起身旁的礦泉水，像灌酒似的，仰頭灌了幾口。

若要問起這些年自己到底做了些什麼？

溫紫晴實在給不出什麼太好的答案，這些年她好像把所有的一切通通搞砸了，好像……就只是像隻無頭蒼蠅似的拼命工作，可至於工作以外的那些……她實在沒有太多印象了。

「對不起……我不是故意迴避你的……只是這些年真的太忙了，雖然也不知道自己到底是為了什麼而忙……。」沉默了許久，溫紫晴仰著頭有些沙啞的說，「台北的生活……還適應嗎？」她其實一直很想知道徐子權這些年究竟過得好不好。

「高中以前過得不太好，但是大學遇到魏安莫跟李芮之後每天都很開心。」徐子權也沒有要隱瞞的意思，將自己這幾年的生活一五一十的告訴溫紫晴。

包括有好長一段日子裡，他的目光始終向著魏安莫。

很奇怪，在溫紫晴面前，徐子權覺得自己好像可以很安心的拆開包裹在身上的糖衣，他可以老實的感受自己的情緒，可以笑、可以哭，他已經很久沒有這樣的感覺了，就連在魏安莫和李芮面前，他都做不到完全的坦然，可是他隱隱覺得不管真實的他是什麼樣子——溫紫晴看著他的眼神似乎都不會改變。

就和外婆一樣。

外婆對他說的那句：「只要你過得好、身體健康，阿嬤就很開心了。」一直牢牢的刻在他的心裡，在無數夜深人靜的夜晚成為他最堅強的依靠。

就好像一直有個人在那裡等他，不管他們距離多遠，有一份只為他而停留的愛，讓徐子權感覺，自己似乎並沒有那麼孤單。

「小權。」

溫紫晴將目光看向徐子權的方向：「以後……如果你遇到覺得辛苦的事，隨時都可以和姊姊說。」

聞言，徐子權緩緩把視線轉向溫紫晴，不知道為什麼望著那雙深褐色的眼睛，他突然有種想要放聲大哭的衝動。

「我其實也不知道……自己現在過得算不算辛苦。」儘管刻意壓抑，但說出這句話時徐子權還是忍不住哽咽了。

溫紫晴並沒有移開注視著徐子權的視線，望著那張乾淨的臉龐，她語尾顫抖的對著眼前的男孩輕吐了句：「對不起。……我一直想著如果有機會再遇到你……一定要這樣對你說。」

一行熱淚滑過徐子權的臉龐，他迅速用手背抹去，故作鎮定的問道：「都十幾年沒見了，幹嘛一見面就跟我道歉？」

「只是覺得……我好像在你太小的時候，就一直逼著你把內心真正的想法隱藏起來……。」溫紫晴淡淡的說：「只能這樣默默看著魏安莫……讓你覺得很辛苦嗎？」

只能默默看著魏安莫的自己很辛苦嗎？

徐子權其實也不是很確定。

也許是他把這個世界想得太過絕對，又或許是成長過程中經歷了太多異樣的眼光，所以他從來就不曾想過自己能有機會告訴魏安莫他想做的——從來就不只是朋友。

徐子權曾經在腦海中幻想過無數次，如果早一點知道魏安莫也喜歡男生……他們之間的關係有沒有可能有所不同？

無奈的是，不管再怎麼想，他心裡一直都很清楚，問題的答案——是否定的。

徐子權從來沒有想過要隱瞞，只是他也不曾主動提起，時間久了彷彿就成了一個無人知曉的祕密。

曾經他以為魏安莫和自己不一樣，以為總有一天對方勢必會牽著一個女孩走到自己面前，對著他說：「嘿兄弟！這是我女朋友。」

可是他錯了。

大二上學期的某一個週末，徐子權照慣例來到和魏安莫一起打工的咖啡廳，魏安莫在點餐櫃檯後小心翼翼的對著他說：「兄弟，我覺得是時候要跟你坦白了。」

「坦白什麼？」徐子權不解的望向他。

「那個……以防萬一，我先問一下……」魏安莫的表情看起來有些猶豫，「你……你應該不會恐同吧？」

當魏安莫結結巴巴的說出這句話時，徐子權只覺得自己一張臉漲得通紅，心臟躁動得彷彿隨時會跳出來一樣。

魏安莫之後又說了很多話，但徐子權只聽見：「等一下帶你見一個人。」其他的那些，他根本什麼也沒聽清。

接下來的時間，徐子權頻頻出錯，接連摔破幾個盤子、找錯零錢、搞錯客人點餐的內容，直到那個高大的身影出現在店裡最角落的位子。

徐子權一眼就認出他來，對方是上個學期剛轉來班上的轉學生陳子浩，小麥色的皮膚配上陽光帥氣的笑容，在看到他的第一眼，徐子權就知道自己輸了。

「我們上個月在一起了，我思考了很久才決定告訴你。」

魏安莫開口對著徐子權坦白的時候，徐子權覺得自己整顆心都碎了，他很想哭，但還是裝作什麼事也沒有發生的樣子，靜靜聽著魏安莫興高采烈地分享。

「我一直不知道該怎麼跟你說自己喜歡的是男生，擔心你會不會因為這樣不敢跟我一起玩，所以才等到穩定交往之後才告訴你。」

「你怎麼會這樣想……現在都什麼年代了。」

說出這句話的時候，徐子權覺得好像有人緊緊勒住自己的脖子，讓他險些喘不過氣來。

徐子權從來沒有主動開口告訴魏安莫，其實他也和他一樣，那些魏安莫擔心的異樣眼光，也是自己所擔心的。只是時間久了……徐子權便漸漸分不清楚，到底是害怕坦承後，魏安莫不知所措的表情，還是他打從一開始就很清楚，即使坦白以後，他們之間也註定不會有結果……。

從魏安莫看著陳子浩的眼神，徐子權便明白，喜歡魏安莫這件事，不管是過去還是現在，都注定只能是他一個人的祕密。

溫紫晴從冰箱裡拿出兩罐啤酒，和徐子權恢復一開始背靠床緣並肩而坐的姿勢。

「其實……我一直都對自己小時候曾經和你說過那些話而感到後悔。」她仰頭啜了一口啤酒淡淡的說。

「我其實已經不太記得了，只是一直都知道……我很早就意識到自己喜歡男生這件事。」徐子權說著輕輕地笑了：「但我倒是記得很清楚，外婆在我離開前，有把我叫去房間問了兩個多小時的話。」

「外婆？」溫紫晴對此感到很意外，因為外婆從來沒有和自己提起過這件事：「我怎麼不知道？」

「妳那個時候不是國三了嗎？學校偶爾會有第八節的考試，所以總是回家的比較晚，那個時候我會提早去外婆家等妳，有一陣子外婆膝蓋關節開刀，香菇寮的工作會拜託其他阿姨幫忙，我就很常一個人獨享一堆雞蛋糕還有車輪餅。」

「喔！是那個時候嗎？我都不記得了。」溫紫晴將最後一口啤酒倒入口中，仰頭靠在床邊回憶起那段每天都在學校念書考試的日子。

「阿嬤告訴我，去台北生活要好好照顧自己，不要責怪我爸媽，他們會離婚不是因為不愛我，只是大人之間有太多我們無法理解的事情，他們一直都很努力了，還要我好好唸書，長大以後好好孝順他們，然後她還說……」徐子權說著又是一陣哽咽：「……不管我想做什麼，她永遠都會支持我，因為我就像她的孫子一樣，所以不管我去了哪裡……這裡永遠都會是我的家……她會一直在家裡……等我回來。」

溫紫晴聽著忍不住笑了，想起小時候徐子權時常來家裡串門子的那段時光，外婆是真心把他當作孫子一樣疼愛的。

「妳記得我剛剛跟妳說升大二的暑假，我有回去南投找妳跟外婆嗎？」徐子權說著，轉頭望向身旁若有所思的溫紫晴。

感受到他的目光，溫紫晴緩緩別過頭接上他的視線，愣愣的點了點頭。

「那時候我其實一直都在苦惱自己偷偷暗戀魏安莫的事，所以我通通都告訴外婆了。那些我不敢告訴班上同學和魏安莫的，我通通都告訴她了。」直視著溫紫晴的眼睛，徐子權勾起嘴角輕輕地說道。

「那……外婆知道以後……有說什麼嗎？」溫紫晴其實很擔心外婆會不會和自己一樣，也要他隱藏……。

不過從徐子權臉上的表情來看，顯然是她多慮了。

「外婆她……感覺早就知道了……」徐子權依舊勾著嘴角，語帶笑意的說：「所以……她跟妳說了一樣的話，她問我會不會很辛苦？」

聞言，溫紫晴一時間不知道該回些什麼，索性不再開口說話。

靜靜的與徐子權並肩坐在昏暗的房間裡感受時間的流逝，窗外開始傳來零星的對話聲，似乎快要天亮了。

不知道又過了多久，久到溫紫晴以為身邊的徐子權已經睡著，緩緩別過頭去，才發現對方也跟她一樣睜著眼睛，靜靜地發著呆。

「你……什麼時候要去美國？」對著那張仍舊帶著些許稚氣的臉龐，溫紫晴輕聲問道。

對於這突如其來的提問，徐子權臉上浮現一抹吃驚的神情，「妳怎麼會知道？」

「剛剛在海邊不小心聽到的……你跟魏安莫的對話。」溫紫晴收回視線，再次調整回原本的姿勢。

「是嗎。」徐子權點了點頭表示理解，打開身旁的礦泉水仰頭灌了一口，過了一陣才接著說：「我爸這幾年都在美國工作，去年開始感覺他身體狀況不太好，加上他也一直想把我接過去一起生活，所以大四的時候就申請了美國的管理學碩士，五月就要過去了。」

「五月？那不就是下個月嗎？」溫紫晴原本還想說等自己旅遊結束回台灣後，也許還能找徐子權一起吃飯敘舊，沒想到才剛重逢，他們又要分開了。

「好可惜喔……那這樣下次見到你，就不知道是什麼時候了。」

溫紫晴露出一臉扼腕的表情，垂頭喪氣地說。

「對啊……不過……老實說可以在這裡見到妳，我就已經很開心了，不知道為什麼跟妳在一起，我就會有一種好像在南投老家的錯覺，就好像……我們現在從這裡走出去，外面沒有海、沒有沙灘，也沒有嘟嘟車，就只有一座又一座的香菇寮、綠油油的田地還有賣雞蛋糕的小販。」

聽了徐子權的話，溫紫晴點點頭忍不住笑了，因為她完全可以體會徐子權的感受，和他一起並肩坐在房裡聊天，真的就彷彿回到過去他們膩在一起的那段時光一樣。

即使過了那麼多年，溫紫晴卻覺得這些過去……彷彿都只是幾個月前發生的事。熟悉的人、熟悉的場景，只是時間已經在不知不覺中，讓他們原本交織的軌跡漸趨平行，直到再次相遇的那一刻，他們卻都已經長大了。

「時間真的過得好快啊。」

溫紫晴忍不住感慨，「記得上次分別的時候，我們不過都只是十幾歲的孩子。」

聞言，徐子權也點點頭淡淡的應了句：「就是說啊，時間真的過得好快啊。」

而後，兩人又陷入一陣很長的沉默。

直到窗外撒入一道曙光，溫紫晴才再次轉頭望向身旁微微斂著眼皮休息的徐子權。

「如果哪天……你從美國回來了，一定要來找我。我會等你回來……。」溫紫晴笑著，對著身旁的男孩說道。

緩緩睜開眼，徐子權淺淺的勾了勾嘴角，語氣堅定的對著溫紫晴說：「等我從美國回來……一定會去找妳，然後拗妳請我吃一頓大餐。」

語畢。徐子權對著溫紫晴露出一抹燦爛的笑，迎著陽光，溫紫晴覺得那張清秀的臉龐，似乎又染上了幾分過去的自己從來不曾看過的堅強。

她覺得很欣慰、也很感激，雖然過程辛苦，但是她知道，自己深深愛著的這個小男孩，確實已經好好的長大了。

第三章 別太急著找答案

「哇！姊姊我都不知道妳這麼專業欸，也太好看了吧！」

李芮靠在溫紫晴身邊，盯著單眼相機上的照片豎起大拇指連連讚歎道：「我等一下想要拍單人照，不想跟那兩個臭男生拍。」

昨天晚上結束和徐子權的對話，回到自己的房間，窗外的天色已經透著淺淺微光，溫紫晴一躺上床便沉沉睡去，直到李芮來敲她的房門為止。

果然……快三十歲的身體已經無法跟二十歲出頭的年輕人相提並論了，看徐子權一副剛結束潛水行程容光煥發的模樣，溫紫晴覺得自己好像剛經歷了一場驚天動地的極限運動，現在全身上下的每一處筋骨都在痠痛。

不過，自己早就答應過李芮要幫他們拍學士服紀念照了，溫紫晴當然不可能拒絕，更何況攝影確實是少數可以讓她打起精神的事。

拖著一副虛軟無力的皮囊，溫紫晴稱職的在沙灘上賣力移動，配合著李芮、徐子權和魏安莫千奇百怪的拍照姿勢。

魏安莫今天的心情看上去依舊有些低落，沒拍幾張就說自己想先回飯店休息，徐子權藉口想要回飯店沖澡也早早地回了飯店，溫紫晴心裡明白他應該是放心不下魏安莫。

「都出來玩還給我擺臉色，魏安莫真的有夠難搞。」即使嘴上不滿的抱怨，李芮在鏡頭前還是照樣能擺出各種清爽甜美的姿勢。

「姊姊妳大學是什麼科系的啊？」捧著溫紫晴的單眼相機一張張往回確認，李芮越看越滿意。

「我嗎？我是讀行政管理的。」

「行政管理？那妳跟我們一樣都是管院的學生欸！」李芮露出一臉驚訝的表情：「我還以為妳是讀大眾傳播或是電影系，不然怎麼可能那麼會拍照！」

「藝術學院的學費太貴了，所以我也只把攝影當作興趣而已。」溫紫晴淺淺的笑了一下，淡淡的說。

「那妳怎麼那麼會拍照啊！還有這麼專業的設備？」李芮謹慎的將單眼相機遞還給溫紫晴：「這一台應該不便宜吧。」

「這台是中階相機單價有比較高一點，但我是在二手網站上買的所以還好。」溫紫晴將相機掛回脖子上，從相機包裡掏出一本小冊子：「拿，妳把信箱地址給我，我回去幫你們調色後再放到雲端上面分享給妳。」

「這麼好！也太幸運了吧！」接過手冊，李芮難掩興奮地說道。

「妳們學校沒有拍畢業照嗎？」

「有啊，但都拍得不怎麼樣，而且幾乎都是大合照，很制式化的那種，我不喜歡。」

將冊子遞還給溫紫晴，李芮遠遠就看到緩緩向他們走來的徐子權和魏安莫，在他們身後似乎還有個熟悉的身影。

「姊姊你看！那個人是不是妳前幾天的豔遇對象？」

循著李芮手指的方向，溫紫晴也注意到了朝著她們緩步走來的三人組。

只見魏安莫緩緩舉起手，臉上浮現一抹明媚的笑，與幾個小時前的模樣大相徑庭。

「東西找到了！」還沒走到定點，魏安莫便拱起手對著兩人大聲喊道。

「東西找到了？是昨天在魚市場搞丟的腰包嗎？」

沒想到遺失的包包竟然奇蹟似的被找了回來，李芮還來不及開口詢問，魏安莫便迫不及待的對著兩人解釋。

「剛剛櫃檯的人來敲我們房間的門，說有遊客在魚市場撿到我們的背包，看到房卡上面的飯店地址就把包包送回飯店了。」

「東西都沒少？」溫紫晴詫異的看著徐子權胸口掛著的腰包。

「一樣都沒少！應該是昨天不知道什麼時候掉了，還好是被遊客發現，如果是被當地的小販發現，背包應該就拿不回來了。」魏安莫珍惜的摸著手上的錶，語帶笑意的說。

「喂！你們自己東西沒收好還敢說這種話，真的很沒水準。」李芮不滿的瞪了魏安莫一眼。

「咦？我說的也沒錯啊，我們昨天不是就白白被那個菲律賓騙子騙走一百塊美金嗎！」魏安莫對著李芮吐了吐舌頭，「而且昨天最氣的人明明就是妳。」

「我是氣你跟個白癡一樣，就跟你說要小心了，你還像個肥羊一樣主動投懷送抱，一百塊美金我一毛都沒有叫你出欸。」

在李芮和魏安莫忙著鬥嘴的時候，溫紫晴將目光轉向亞瑟的方向，輕啟唇瓣輕輕的吐了一句：「你怎麼也在這裡？」

「我剛剛在路上遇到他們，他們說東西找到了要來找妳們，我就一起跟來了啊。」亞瑟臉上漾起一抹大大的微笑，輕輕拍了拍身旁徐子權的肩膀：「還好沒有讓妳弟的畢業旅行留下太多不好的回憶。」

「我弟？」溫紫晴心裡納悶，亞瑟又是什麼時候知道她跟徐子權的關係的。

從徐子權臉上訝異的表情看來，似乎也不是他主動告訴亞瑟的，難道說……。

「妳那天喝醉酒的時候告訴我的。」

聞言，溫紫晴尷尬的只想趕快挖個地洞鑽進去。

天知道那天她喝醉的時候，到底跟亞瑟講了多少自己的祕密……。

想到搞不好連身高體重、家裡地址都毫無保留的告訴亞瑟，就讓溫紫晴感到頭疼，默默發誓絕對不能再讓歷史重演，至少在接下來的時間裡，她要杜絕所有和亞瑟一起喝酒的可能。

好在亞瑟並沒有再拿這件事情取笑她，只是笑著分享了這幾天在島上發生的趣事，還有自己過去帶團的經驗，惹得李芮等人哈哈大笑。

一行人好不容易聚集到一起，加上大學生們隔天就要回家了，李芮便提議大家一起去紀念品店挑選明信片寄回台灣。

魏安莫和徐子權似乎也對這個提議很感興趣，一行人便浩浩蕩蕩的往紀念品店的方向前進。

三個大學生打打鬧鬧的走在前方，溫紫晴和亞瑟則緩緩跟在他們身後。

「你今天不用去芒果冰沙店打工嗎？」為了避免亞瑟再次提起自己喝酒失態的模樣，溫紫晴率先開啟了話題。

「那才不是打工，是消遣。我跟你們一樣是來這裡玩的。」亞瑟語帶笑意地回答。

「所以你就這樣一天當船員、一天在餐酒館打混，再隔一天又跑去芒果冰沙店騷擾老闆娘嗎？」

「大概就是這麼回事。」亞瑟說著臉上的笑意又更深了。

「那所以你今天是？」明知道亞瑟不會認真回答，但溫紫晴並不介意，畢竟她也是很樂意和別人開玩笑的類型。

「今天就暫時代一下小碧的班囉，怎麼樣，偶爾換換導遊不錯吧？」溫紫晴無奈的笑了笑，故作刁鑽的說：「那請問導遊大人今天有安排什麼特別的行程嗎？」

本來只是想和亞瑟開個玩笑，沒想到亞瑟聞言卻轉過頭來一臉興奮地望著她：「妳搭過風帆船了嗎？」

「風帆船？」溫紫晴搖了搖頭，不明白亞瑟為什麼突然這樣問。

「雖然今天應該也很不錯，但是陪大學生們寄完明信片應該會錯過夕陽，改天再跟我一起去搭風帆船吧，我還能帶妳去星期五沙灘走走看看。」

「這裡的夕陽……聽說很漂亮對吧？」溫紫晴撇過頭去接上亞瑟的目光，在那雙深棕色的眼瞳裡映照出她狼狽的模樣，不知道為什麼突然有種心跳加速的感覺。

「絕——對——是長灘島所有風景中數一數二漂亮的。」

溫紫晴慌亂的別過頭去，只聽見亞瑟餘在耳畔的疑問，「不過，妳也在這裡待了這麼多天了，都還沒看過夕陽嗎？」

「嗯，都還沒有時間好好看看。」

「是嗎，那妳注定要讓我當一回導遊了。」亞瑟低沉的嗓音裡疊上一層深深的笑意，沒等溫紫晴回應，接著又指了指掛在溫紫晴胸前的相機：「我好像很常看妳背著它，妳喜歡拍照？」

溫紫晴摸了摸身上的單眼相機，點點頭當作是回應了亞瑟的問題。

「是嗎。」亞瑟微微扯了扯嘴角：「那妳今天運氣不錯，我有預感今天的夕陽會很美很美，應該可以拍出不錯的照片。」

在紀念品店的店門口停下，李芮勾著徐子權和魏安莫手舞足蹈的走進店裡，長灘島的紀念品專賣店無非就是芒果乾、椰子片、榴槤糖，雖說是為了挑選明信片而來，但溫紫晴其實沒有多大的興趣，隨意在窄小的商店內繞了兩圈，便先行走出店外，決定在距離商店街不遠的沙灘上等待亞瑟口中的絕美夕陽。

其實那天在從鱷魚島回程的船班上，溫紫晴有聽見李芮和魏安莫在一旁嚷嚷著蘭紫色的天空很漂亮，無奈她深受暈船所苦，一心只想著快點上岸，根本無心欣賞浮現於海面上的美景，不過，溫紫晴也並不擔心，長灘島與潮濕的台北不同，幾乎每天都是好天氣，在這裡待上幾個禮拜，多得是捕捉夕陽美景的機會。

背著相機，溫紫晴靜靜蹲坐在沙灘上，將右眼對準觀景窗，稍稍調整了焦距，因為現在已經趨近傍晚，與方才替李芮拍照時豔陽高照的場景不同，籠罩整座長灘島的陽光與周圍的雲彩交融成柔和的橙色。

將感光度調整到合適的數值，溫紫晴接連對著眼前展開的景象按了幾下快門。

她發現從不同角度拍攝出的光暈效果都不一樣，暖橘色的太陽漸漸趨近於海平面，使得原本呈現藍綠色的漸層海面，淡墨成一片閃爍著金光的灰藍色海洋，天空的層次逐漸被凸顯出來，宛若一場幻燈秀般，整座沙灘每分每秒都被不同的色彩籠罩。

溫紫晴拖著相機默默守著眼前變化萬千的壯麗景象，她想要捕捉太陽徹底消失於海平面之前的樣子，只需要一點光亮，她便可以把現在聚集在海灘前方等候落日的遊客剪影一起收進景框。

也許是因為太過專注，以至於溫紫晴沒有注意到亞瑟正悄悄站到她身旁的空位，彎下腰注視著溫紫晴專心調整焦距的模樣。

「看來今天入夜前的天空，會是橘紅色的。」

亞瑟突然出聲，溫紫晴禁不住全身一顫，耳根染上的溫度似乎就和眼前一片橘紅的天空一樣，叫她感到渾身發燙。

「妳在等什麼？我已經站在這裡好久了，妳不按快門嗎？」

亞瑟說話的時候，溫紫晴可以感受到周圍擾動的氣流，以及傳遞至脖頸的溫度。

不敢回頭看向亞瑟，她僵硬的吐了一句：「我在……等時間。」

「等時間？」

亞瑟不解的在溫紫晴身旁坐下，讓她有些不自在的稍稍調整了原本蹲坐的姿勢。

「原來不是舉起相機，按一按快門就好了嗎？」

從亞瑟說話的音量來看，溫紫晴覺得他應該是在自言自語，但還是故作平淡的回了一句：「有時候想要拍出好看的照片……等待時機是很重要的。」

「是嗎。」

聽了溫紫晴的話，亞瑟默默地點了點頭，不再說話。

靜靜在溫紫晴身邊又待了一陣子，起身離開的時候他並沒有交代去向。溫紫晴感到有些在意，悄悄將視線從觀景窗上移開，望著亞瑟離去的背影，不禁有些納悶，不明白是不是自己的沉默讓亞瑟感到不自在，所以才連一句道別也沒有就選擇離開。

儘管心裡在意，溫紫晴卻沒有為此苦惱太久，天空的顏色每一秒都在改變，眼見橙紅色的太陽即將消逝於海平面，也不管衣服上沾滿了白沙，溫紫晴調整姿勢，整個人趴在沙灘上，將鏡頭對準一組背對著自己欣賞落日的情侶，從小小的觀景窗望過去，兩人中間的位置正好切齊天空中殘存的最後一點紅暈，她抓緊時間趕在那抹紅暈墜落前，接連按了幾下快門。

待她將視線從觀景窗上移開，抬頭一看，天色已經暗了。

海灘上守候落日的人群逐漸散去，開始往沙灘外圍的餐廳移動，溫紫晴並沒有把注意力置放於周圍的人潮太久，她開始翻看剛剛拍攝的照片，逐一審視拍攝出來的成品是否有準確掌握好構圖與曝光。

雖說溫紫晴是管理學院的學生，但她在大學時期其實很常去旁聽傳播學院的攝影課，厚著臉皮跟電影系的同學借了單眼相機在台北街頭拍了幾張照片，沒想到竟還得了獎，她永遠記得握著麥克風的評審在台上指著她的照片說：「這位同學的構圖巧妙，對光影的掌握技巧高超。」

那次經驗可以說是溫紫晴大學時期最快樂的一段過往，後來外婆的膝蓋舊傷復發，在香菇寮的工作也就不得不減少，為了可以繼續升學外加分擔外婆在南投的開銷，溫紫晴必須要打兩份工才能勉強支撐起學業與生活，每天都在和時間賽跑的日子，也讓她漸漸遺忘了，自己到底有多喜歡攝影……。

「妳果然還在這裡！我還擔心我會不會回來晚了遇不到妳！」

被這突如其來的驚呼嚇了一跳，溫紫晴訝異的仰起頭望向聲源。

沒等她反應過來，亞瑟便逕自於她身旁坐下，自然的就好像溫紫晴一直都在這裡等他一樣。

溫紫晴注意到這一次亞瑟手上多了一個托盤，托盤上擺了兩杯透明玻璃杯裝的飲料，看起來應該是芒果冰沙，另外還有兩盤串燒，有海鮮也有豬肉，炭烤豬肉看起來充滿濃濃的海島風情，覆蓋著深褐色的濃郁醬汁，還有一些溫紫晴喊不出來的調味料。

「這是……什麼？」看著滿滿一盤食物，溫紫晴訝異的問。

「我看妳剛剛拍照拍的很認真，想說應該還要好一段時間，就去跟餐廳借廚房準備了這些。」亞瑟微微勾著嘴角，一雙深邃的眼睛在靛青色的夜空下閃著淺淺流光。

將托盤輕輕放在溫紫晴面前，語帶笑意的補充：「這些都是我親手做的喔，跟這裡的師傅學了道地菲式作法。」

「餐廳的人該嫌你煩了吧。」溫紫晴被亞瑟的話給逗笑了，「我還以為剛剛是看我拍照太無聊，你才會突然消失。」

「不會啊，我看妳很專心的在等時間，就想說先去弄一盤好吃的下酒菜，等我回來妳差不多也拍完了，就可以一邊鑑賞妳的大作，一邊吃我的拿手好菜。」

聞言，溫紫晴愣愣望了一眼托盤上冒著白煙的冰沙，「下酒菜？所以這個……是酒嗎？」那天和亞瑟喝酒的畫面又一次於腦海浮現，讓溫紫晴下意識避開亞瑟投向自己的目光。

「不是啊，那是芒果冰沙，雖然那天真的很有趣，但我短時間內應該是不太敢再和妳一起喝酒了。」亞瑟半開玩笑的說，拿起其中一杯裝得比較滿的芒果冰沙遞給溫紫晴：「趁融化之前快點喝吧。」

溫紫晴苦笑了一下，接過那杯芒果冰沙，結結巴巴地說：「其實……那天到後來到底發生了什麼事……我真的……幾乎沒有印象了，隔天一早醒來……就發現自己已經回到房間。」

「是嗎。」亞瑟一派輕鬆的應了一句，拿起面前的豬肉串大口吃了起來，似乎不打算回應溫紫晴的疑惑，指了指她懷裡的單眼相機：「妳剛剛拍了什麼，我可以看看嗎？」

「啊……可以啊。」溫紫晴小心翼翼地將掛在脖子上的單眼相機取下，遞至亞瑟面前。

「要怎麼用啊？我還是第一次拿單眼相機。」亞瑟捧著相機的模樣有些彆扭，害怕自己會碰壞似的，讓溫紫晴看著忍不住發笑。

「噗哈哈，如果你很怕摔的話，可以掛在脖子上，然後……按下這個按鍵就可以看剛剛拍的照片了，如果要換下一張就按……這個。」溫紫晴親切的指著相機上的按鈕，溫柔的和亞瑟說明。

「妳說像這樣嗎？」亞瑟照著溫紫晴的教學戰戰兢兢的操作起來，「啊，出現了。」

當第一張照片映入眼簾時，亞瑟發自內心的驚呼了一聲：「原來妳剛剛在等夕陽完全消失前的那一刻嗎？」

「對啊，雖然單純只拍夕陽的話也很漂亮，但是我更喜歡這種帶點張力的構圖。」溫紫晴淡淡的回應道。

亞瑟入迷的捧著相機，一張一張的往回翻，他是真的被溫紫晴的照片給迷住了，雖然他不懂什麼是構圖，也根本沒接觸過攝影，但是一看到溫紫晴的照片，他很快便理解對方口中的張力為何：「不知道為什麼，這對情侶的剪影在紅色的夕陽下，看起來很悲傷。」

「你的解讀是悲傷嗎？」溫紫晴笑著，輕啜了一口手中的芒果冰沙，冰涼清甜的滋味入喉，她忍不住睜大眼睛望向亞瑟：「欸，很好喝欸！」

亞瑟露出一副「我就跟妳說吧」的驕傲表情，笑著瞥了溫紫晴一眼，緩緩將套在脖子上的相機取下交還給溫紫晴：「我的廚藝就跟妳身上散發的藝術家氣息一樣，騙不了人。」

接過相機，溫紫晴露出一抹意味深長的笑：「但你卻不打算告訴我你其實不是菲律賓人，而是土生土長的台灣囡仔嗎？」

聞言，亞瑟轉頭望向溫紫晴，眼神裡流洩出一絲淺淺的笑意淡淡的說：「難道不是在我什麼都還沒有告訴妳之前，妳就先從我的膚色和外型判斷了嗎？」

亞瑟的話讓溫紫晴啞口無言，腦海中突然浮現那天和亞瑟浮潛時遇到的外國遊客，對方把她誤認成日本人時，她也就這樣將錯就錯的回應了對方……

當時的她也許是覺得不需要解釋那麼多，才選擇將錯就錯的吧？

默默轉頭望向身旁的亞瑟，溫紫晴注意到亞瑟除了一雙燦爛的眼睛外，鼻子也生得很好看，不是那種很剛烈強硬的希臘鼻型，而是線條流暢、鼻頭圓翹的挺鼻，厚薄適中的雙唇自然的上揚，散發出一種從容親切的感覺。他正微微瞇著眼享受迎面吹來的海風，入夜後的涼爽空氣確實讓人有種放鬆的感覺。

「你的捲髮是天生的嗎？」溫紫晴這幾天一直很想找機會問，就在剛剛短暫欣賞亞瑟側臉的期間，她又一次注意到那頭被風吹亂的深褐色鬈髮。

「我的頭髮嗎？不是啊，這個是燙的。」亞瑟露出一抹調皮的笑：「雖然我本來就有點自然捲，但是燙過之後會比較有型。」

「那還蠻成功的欸！我覺得很像天生的捲髮。」溫紫晴點了點頭，忍不住又多看了幾眼。

見到她吃驚的反應，亞瑟似乎很滿意，接著補充道：「怎麼樣！這可是我的韓國朋友特別幫我設計的喔，有沒有韓系歐爸的感覺。」

溫紫晴被亞瑟的話給逗笑，無奈的擺了擺手上氣不接下氣的說：「我覺得我很可能就是因為你的捲髮才把你誤認為本地人。」

「唉，小溫，妳這是刻板印象。」亞瑟微微蹙起眉頭佯裝生氣的模樣，只是下一秒很快便破功，再度恢復成原本的親切笑臉。

「好吧，我承認，針對這件事情，我會好好檢討。」語畢。溫紫晴再次舉起面前的芒果冰沙猛吸了一口。

亞瑟見狀，也拿起自己眼前的玻璃杯舉到溫紫晴眼前：「乾杯！」語氣裡洋溢著滿滿的愉悅。

溫紫晴配合的輕輕碰了一下亞瑟手中的芒果冰沙，杯子撞擊的聲音搭配不遠處傳來的狂歡氛圍，讓溫紫晴感覺到前所未有的愜意，她覺得這應該是這幾個月來自己最放鬆自在的夜晚。

嚥下口中的芒果冰沙，亞瑟突然興奮地轉過頭來：「今天不玩你問我答了，我們來交換截至目前為止自己遇過的好玩事情吧。」

聞言，溫紫晴詫異的看向一臉躍躍欲試的亞瑟：「好玩的事情？可是我這個人很無聊，好像沒什麼好玩的事可以跟你分享欸。」

「是嗎。」亞瑟點了點頭表示理解，偏著頭思索了一陣：「不然……難忘的事情也可以。」

「難忘的事情喔……我想想看，」溫紫晴斂了斂眼皮，忍不住笑著問道：「不過，今天我們喝的不是酒也要玩這種奇怪的遊戲嗎？」

「嗯？」亞瑟偏著頭微微思索了一下：「就只是給這個夜晚定一個主題，如果是以難忘為主題，那麼今晚就會成為難忘的一晚。」

最後那句話他說的很輕，溫紫晴卻覺得心裡似乎漾起一陣很奇妙的情緒。

尷尬的笑了笑，溫紫晴自然地避開亞瑟的目光，淡淡的說：「那你先開始吧，再讓我想一下。」

聞言，亞瑟故作正經的清了清喉嚨，緩緩將手中的芒果冰沙放下，兩眼直視前方鄭重其事的開口說道：「那我就來分享大概是我大三、大四的時候發生的故事好了，約莫是在八年前……」

聽到這裡，溫紫晴忍不住出聲打斷，「天啊，你跟我差不多大欸！」

「咳咳，這位小姐，請妳不要打斷我，」亞瑟伸出食指在溫紫晴面前晃了晃，臉上的無奈表情卻把溫紫晴逗笑了。

「是，我很抱歉，請繼續你的表演。」

接受了毫無靈魂的道歉，亞瑟沒好氣的抱怨：「我第一次見到妳的時候就知道我們差不多大了，我只是五官比較深邃，所以看起來會比同齡人成熟。」

「好啦，我又沒說什麼，很抱歉打斷你，大三、大四的時候然後呢？」溫紫晴無奈的聳了聳肩，自然的白了亞瑟一眼示意對方接著往下說。

「大三的時後，我在雅加達的一間咖啡廳打工，」亞瑟語帶笑意的接著說道，「因為那裡是觀光勝地，店裡很常會有不同國家的客人，有一天一個淺棕色頭髮的白人走進店裡，我看他的樣子很緊張，便笑著過去替他點餐，還自以為親切的使用了英語，結果他卻露出一臉不知所措的表情。」

亞瑟說著頓了頓，輕輕地笑了一下：「那時候我才明白他之所以緊張，是因為見到他的人都會和我一樣笑著和他講英語，但其實英語根本不是他的母語。這件事情讓我一直記著到現在。」

「這就跟我在這裡，卻有人跟我講日文，你明明跟我一樣是來這裡度假的觀光客，我卻把你誤認成菲律賓人一樣嗎？」溫紫晴偏著頭若有所思的問。

「妳不覺得很有趣嗎？」

亞瑟笑著望向海的方向，仰起頭來燦爛的笑了一下。

「這……很有趣嗎？我其實不是很明白。」溫紫晴有些不明白亞瑟話裡的意思，疑惑的搖了搖頭。

「當然有趣啊，這是一個龐大且複雜的問題，如果沒有離開原本生活的地方，我也許永遠都不會意識到這些。」亞瑟說完，自然的將目光轉移到溫紫晴滿是疑惑的臉龐：「那間咖啡廳帶給我的衝擊，讓我開始對這個世界產生好奇，也就是那個時候開始，我才決定去當導遊。」

「所以……你在雅加達生活了很久？」溫紫晴偏著頭疑惑的問。

「其實也沒有很久，這些年我一直在世界各地流浪，見過很多很好的人，也遇過很多很壞的人，學會了盡量不去用種族、膚色、性別定義一個人或者是一群人，也漸漸找到了一些我想要尋找的答案。」

「我聽小碧說，你之所以會說那麼多種不同的語言，是因為你在很多不同的國家還有城市生活過。」

「對啊，這也是我選擇導遊這個工作的原因。」亞瑟淺淺的笑了。

「真羨慕你……」溫紫晴突然覺得喉嚨有些乾澀：「如果我也能順利找到答案就好了。」

「也許可以先試著……不要那麼急著找答案，」亞瑟頓了頓接著說：「這些年經歷了那麼多場流浪，我才發現……原來很多時候，問題的本身，其實就是答案。」

似懂非懂的點了點頭，溫紫晴緩緩將頭轉向亞瑟，「那我可以問你一個問題嗎？」

亞瑟接上溫紫晴的視線，露出一抹好看的笑，微微頷首表示同意。

「你……昨天為什麼那麼晚了，還一個人坐在海邊發呆啊？」

「妳怎麼知道？妳……昨天晚上來這裡了嗎？」亞瑟露出一臉驚訝的神情，瞋著眼睛疑惑的望著溫紫晴。

「我昨天……睡不著，想說……可以來海邊散散步，結果就看到你一個人坐在沙灘上，看起來很落寞的樣子……」

「那妳就放我一個人在那裡落寞嗎？這麼殘忍啊！」有別於溫紫晴戰戰兢兢的提問，亞瑟一派輕鬆的回應道，「昨天帶徐子權跟魏安莫去吃戰斧豬排，結果不小心吃太飽了，所以我也睡不著，就跑到海邊等日出。」

儘管亞瑟臉上依舊掛著大大的笑容，溫紫晴依然從他的眼神裡讀出——他似乎和自己一樣，也在逃避些什麼。

她很清楚，只有逃避的人，才會在一個根本不想回答的問題面前顧左右而言他。

「這蝦子都涼了。」溫紫晴順手拿起眼前一串烤得焦香的炭烤鹽味蝦，藉此轉移話題。

「就是說啊，我看妳都不拿蝦子，還以為妳不喜歡吃呢。」亞瑟順勢接上溫紫晴的話，順手也給自己拿了一隻。

「也不是不喜歡，就是覺得還要剝殼有點麻煩。」溫紫晴苦笑了一下，輕輕啃下蝦頭，因為怕麻煩，她已經練就了用嘴剝蝦的本領。

「既然說到蝦子，那我就來說個跟海鮮有關的故事吧。」

「跟海鮮有關的故事？感覺應該會很有趣。」亞瑟放下了把玩好一陣子的蝦子，端正姿勢，一臉期待的看向優雅啃蝦的溫紫晴。

微微清了清喉嚨，溫紫晴輕啟唇瓣緩緩開口回憶道。

「我的老家在南投，我媽過世的早，爸爸一個人在台北工作，所以自我有記憶以來，就是我跟外婆兩個人一起生活……」

溫紫晴一面說著，腦海裡再次浮現過往的畫面。

小時候的溫紫晴以為所有的地方都跟自己家一樣，到處都是農田，外婆家附近還有很多用黑色布簾蓋起來的的地方，直到再長大一點，才知道那裡是種植香菇的地方，叫做香菇寮。

老家的大部分居民都是靠種植香菇維生，外婆每天早出晚歸，回到家的時候往往都是一身汗水。

溫紫晴很喜歡外婆回到家時身上帶著的淡淡泥土清香，她會靠在外婆懷裡大口吸氣，外婆會溫柔拍拍她的頭，笑罵道：「三八，阿嬤全身汗臭味，妳還給阿嬤抱得這麼緊。」

「不會啦，很香啊，我很喜歡。」

在溫紫晴的印象裡，外婆從來沒有對自己發過脾氣，永遠都是笑咪咪的。

小時候，溫紫晴發育的比其他同學晚，整個人乾癟矮小，每次鄰居來到家裡看到她，都會露出一臉擔憂的表情，對著外婆說：「哎呦，阿慧啊，恁查某孫阿捏瘦卑巴，按呢講好？」

外婆一開始似乎沒有很擔心，總覺得小孩子的發育本就有早有晚，但是溫紫晴直到國小四年級體重都沒超過三十公斤，就讓外婆開始有點緊張了。

平時外婆工作忙，所以溫紫晴除了和學校裡的同學在學校附近的巷子裡玩耍，或是偷偷跑到附近的農舍玩躲貓貓之外，她從來沒有去過離家超過五百公尺的地方。

除了那一次，溫紫晴第一次在家裡的飯桌上看到滿滿一盤鮮紅的蝦子，還有從來不曾見過的鮭魚、鮪魚生魚片。

「哇！阿嬤今天怎麼會有這些？這個紅紅的是什麼？果凍嗎？」溫紫晴曾經在學校同學的便當裡見過蝦子，但是生魚片她還是第一次見。

「來，妳多吃一點齁，我聽人家說吃海鮮小朋友會長高，還會變聰明啦。」外婆一面說著，一面將一塊沾了醬油的鮭魚生魚片放進溫紫晴碗裡。

溫紫晴看著那片長方形的魚肉片，遲疑了一下，輕輕放在嘴邊沾了一小口，又生又腥的味道讓溫紫晴忍不住大聲哀嚎：「阿嬤，我不想吃這個啦，好臭喔，有臭水溝的味道！」

「囡仔郎袂黑白講，妳吃多一點才會長高啦！知不知道！」外婆說著，又剝了幾隻蝦丟進溫紫晴碗裡：「阿嬤今天跑好遠好遠才買到的欸，秀蘭阿姨跟阿嬤說小朋友要多補充蛋白質，等一下吃飽了就去冰箱拿牛奶喝。」

「我不想喝牛奶，我要喝蘋果西打，我也不想吃這個，我想吃雞腿。」溫紫晴不滿的捏住鼻子，將碗裡的生魚片掃進嘴裡，閉起眼睛匆忙的咬了幾下後吞下肚。

「在妳的身高還有體重跟其他小朋友一樣之前，阿嬤都不會再買汽水給妳喝了。」

一面鬧脾氣，一面心不甘情不願的將外婆投到自己碗裡的生魚片吃完，溫紫晴只覺得滿腹委屈，只是那時候她還不知道，要買下桌面上的這些海鮮料理，要花上她和外婆兩個人整整三天的伙食費。

那天晚上，溫紫晴躺在床上突然覺得肚子一陣劇痛，她拖著沉重的身子走下床，覺得自己的身體燙得就快要燒起來了。

「阿嬤，我好想要吐。」

「哎呦，怎麼這麼燙？」外婆從床上彈起身，走下床一把扶住搖搖晃晃的溫紫晴。

「我覺得肚子好不舒服……。」溫紫晴靠在外婆懷裡表情猙獰的哭喊道，她現在虛弱的完全無法將身體打直，只能透過蜷縮著身子，讓胃部的灼熱感稍稍減低一些。

「妳忍耐一下，阿嬤現在就帶妳去醫院。」

外婆有些慌亂的讓溫紫晴先在床上坐下，自己起身走去門邊將溫紫晴的粉紅色外套拿了過來。

「來，阿嬤幫妳穿上，我們去看醫生。」

「阿嬤……我不想穿外套，我覺得好熱。」南投的夏天，氣溫直逼三十度，儘管溫紫晴百般不願意，但虛軟無力的她，最終也只能任由外婆將外套披在自己身上。

以前溫紫晴不管大小感冒，都是到鎮上的小診所看診拿藥。

本來以為這次應該也不例外，沒想到阿嬤卻發動了停在門口那台，平時為了節省油資很少使用的摩托車。

「來，阿嬤載妳去醫院，乖孫欸再忍耐一下下齁。」

外婆一把將溫紫晴抱上後座，溫紫晴已經虛弱到沒有辦法回話，只能微弱的晃了晃腦袋，緊緊靠著外婆溫熱的背。

如果要到離家最近的大醫院，騎車至少也要三十分鐘以上，夜深了，沿路上幾乎看不到人影，只有幾盞閃爍的路燈，微弱的打在溫紫晴和外婆以及那台老舊機車上。

外婆的背微微起伏著，老舊的摩托車發出轟隆轟隆的響聲，溫紫晴半瞇著眼，發現周圍的景色開始有些細微的變化，壞掉的路燈越來越少，街道也跟著越發明亮起來，除了老舊的機車響聲，她開始聽到周圍傳來汽車引擎發動的聲音、街邊便利商店的店員在店門口抽著菸閒聊，還有路邊一間賣豆漿油條的早餐店，傳來鍋具相互撞擊、油條下鍋的響聲。

這些景象，都是過去生活在小鎮裡的溫紫晴從來不曾見過的。

外婆的小摩托車就這樣一路飆至醫院大門，熄火的瞬間，溫紫晴感覺到周圍的一切似乎全都安靜了下來，耳邊只餘下外婆焦急地喘氣聲。

「來，阿嬤背妳進去齁，再忍耐一下。」

輕輕扶在外婆肩上，經過醫院長廊時，溫紫晴只覺得周圍燈光刺眼，還有一股濃濃的消毒水味，行進間，刺鼻的藥水味不斷穿入鼻腔，讓溫紫晴覺得肚子又一次翻攪起來，她痛苦的低吟引來外婆心疼的關切。

「乖孫欸，再忍耐一下就好，阿嬤走快一點走快一點齁。」

就這樣迷迷糊糊的被帶入問診室，醫生是一個戴著眼鏡的中年男子，板著一張臉語氣平淡的詢問坐在診療椅上的溫紫晴：「剛剛有拉過肚子，或是嘔吐過了嗎？」

溫紫晴害怕的看了一眼外婆，虛弱地搖搖頭。

醫生沒有接話，面色凝重的拿著耳溫槍在溫紫晴的額頭上嗶了一下：「37.6度，有一點發低燒。」而後嚴厲的望向站在一旁的外婆，「妹妹今天晚上是吃了什麼不乾淨的東西嗎？」

只見一旁的外婆露出擔心的表情，小心翼翼的說：「今天晚餐齁，我弄了一盤生魚片跟蝦子給她吃啦。」

「生魚片？」醫生的雙眼一下瞋得老大，「這麼小的小朋友不太適合吃太過生冷的食物，而且現在是夏天生魚片不容易保存，很容易吃壞肚子，妹妹現在的症狀有點像是食物中毒，要先在旁邊觀察一下，通常拉個肚子或吐一吐就會比較舒服……。」

「醫生拍謝啦！因為我朋友跟我說齁……這個吃蛋白質齁，小朋友會長高，」外婆一面尷尬的陪著笑臉，一面低聲下氣的對著眼前眉頭緊皺的醫生問道，「啊我是看我孫女這麼樣瘦齁，想說讓她吃好一點，啊我下次不會這樣了啦，可是她現在這樣很不舒服，我看了捨不得……是說可不可以開個藥讓她吃……會比較舒服一點這樣。」

聽了外婆的話，醫生原本深鎖的眉頭一下又皺得更緊了，他重重嘆了口氣，「阿婆我跟妳說啦，藥齁不能隨便亂開啦，妳一開始就不應該讓她亂吃東西，這個嚴重一點會出人命欸，下次注意一點好不好？」

「拍謝啦醫生，給你這樣添麻煩。我真的不知道那個魚那麼貴鰗還會不新鮮，可是……我們跑好遠才跑來這裡，可不可以再幫我孫女鰗……做個檢查啦？拜託啦醫生，我也沒讀什麼書，不懂這些……你再幫我看看啦，我就只有這一個寶貝孫女，我捨不得啦。」

不知道為什麼，看著外婆臉上著急的表情，溫紫晴心裡突然一陣委屈，眼淚簌簌從眼眶中湧出，醫生見狀不耐煩的對著布簾後方的護理師喊道：「秀珍，妳先帶妹妹去床上躺著休息。」

語畢。就見看診區的黃色布簾後走出一名年輕護理師，溫柔的將溫紫晴從座椅上扶起，小心翼翼地帶著她到一旁的病床躺下，輕輕拉上布簾。

「醫生，那如果她休息後還是一樣不舒服怎麼辦？」

躺臥在滿是消毒水味的硬床上，溫紫晴看不到外婆臉上的表情，只能從她語尾顫抖的聲音得知她是真的很擔心。

「阿婆，我剛剛說的還不夠清楚嗎？麻煩先、去、旁、邊、觀、察。」中年醫師幾乎是用吼的說出這句話。

布簾外，傳來一陣很長的沉默，直到溫紫晴又一次聽到外婆那句低聲下氣的：「拍謝啦醫生，給你這樣添麻煩。」

她終於再也忍不住緊繃的情緒，在病床上崩潰的哭了起來，她哭得聲嘶力竭，哭到外婆和護理師不得不跑來床邊關切。

「妹妹不要怕。」

年輕護理師溫柔的安慰淚流不止的溫紫晴，在她的肚子上塗上一層冰冰涼涼的膏藥。

外婆也一臉焦急的湊到溫紫晴身邊，握著她的手哽咽的說：「乖孫欸，阿嬤拍謝啦，對不起對不起，都是阿嬤不好……對不起齁。」

「阿……阿嬤……不……是妳……的……ㄘ……握」溫紫晴哭得太過厲害，一句話斷斷續續的根本說不清，她急著想告訴外婆，自己並不是因為身體不舒服才哭，是看到醫生這樣對外婆說話，她心裡難過，她覺得外婆是因為自己才會被醫生罵的，但她卻什麼也做不了。

「那時候我哭得超級厲害，醫生、護理人員都以為我是因為不舒服才哭，但當時……我其實是不想看到外婆在醫生面前低聲下氣的樣子才哭的。」溫紫晴雙眼直視前方，迎面而來的海風拍打在臉上，讓她頓時覺得眼睛有些乾澀。

「原來還有這樣的故事。」亞瑟點了點頭，語氣溫柔的感嘆道，而後又輕輕地補了一句：「感覺妳跟妳外婆的感情很好。」

「因為她是我成長過程中，唯一一個陪在我身邊的大人。」溫紫晴淡淡的說：「其他小朋友把爸爸媽媽當偶像的時候，外婆就是我的偶像。」

「真羨慕妳。」亞瑟撇過頭來，眼角帶笑的望著溫紫晴。

於耳畔呼嘯的海風，吹亂了溫紫晴勾至耳後的頭髮，遮擋了視線，從髮絲間的狹小縫隙望去，溫紫晴注意到亞瑟嘴角上揚的弧度似乎微微下垂了些。

將披散的頭髮整理好，溫紫晴緩緩站起身來舉直手臂向上伸了一個大大的懶腰。

「要去附近走走嗎？」亞瑟拿起眼前的餐盤，仰頭望著溫紫晴出聲提議。

「那……這些東西該怎麼辦？」愣愣望了一眼亞瑟手中狼藉的杯盤，溫紫晴露出一臉疑惑的表情。

「我拿回去餐酒館放，妳先在這裡等我一下。」

雖然亞瑟這樣說，但溫紫晴還是決定順路跟他一起走去，畢竟她一個人留在這裡乾等也是無聊。

沿路上兩人經過了今天李芮等人購買明信片的紀念品店，亞瑟好奇的詢問道：「對了！妳今天怎麼沒有跟大家一起寫明信片？」

「一般大家出國都會寄明信片回家嗎？」溫紫晴偏著頭，這是她第一次出國所以並不了解，但自己確實曾經收過同事出遊時寄來的明信片。

「通常有幾種狀況，一種是寄給想念的家人朋友，或是寄給自己留做紀念。」亞瑟一邊說著，一邊露出一抹狡黠的笑容：「我還在想是不是因為妳在台灣沒有什麼朋友。」

冷不防被亞瑟揶揄了一番，溫紫晴不滿的撇著嘴抱怨道，「才不是好嗎，我只是從小就不擅長做這種事，寫卡片什麼的真的一點都不在行。」

亞瑟聞言輕笑了幾聲，壓著嗓音說：「不過在這裡選擇不寄明信片，其實是個非常明智的選擇。」

「為什麼？」溫紫晴不解的問。

「妳難道忘了你們是怎麼來到這裡的？」亞瑟失笑，伸手指了指大海的方向：「要寄出的話得先坐船之後再搭飛機，幸運一點三個月左右可以收到，也有人一年之後才收到，不過大部分都是會寄丟的。」

「原來是這樣……感覺有點可惜呢。」

淡淡的朝大海的方向望了一眼，看著不斷拍打上岸的波濤，溫紫晴吶吶的回應道。語音方落，兩人也剛好走到餐酒館門口。

一名服務生碰巧從店裡走出來，見到亞瑟和溫紫晴後，臉上浮現出一抹曖昧的笑，勾著嘴角對著亞瑟說了一連串溫紫晴聽不懂的話。

語畢，還不忘偷偷朝溫紫晴的方向努了努嘴。

即使聽不懂菲律賓語，溫紫晴還是從對方的表情中看出，他應該是在開亞瑟和自己的玩笑。

耳畔響起亞瑟回應對方的聲音，只見那名服務生聽了亞瑟的話，露出一個「是嗎？那真是太可惜」的表情，過程中沒忍住又往溫紫晴的方向看了幾眼。

一時間不知道該把目光往哪兒放，溫紫晴的眼角餘光卻不經意瞥見亞瑟說話時臉上漾起的笑。

「妳在這裡等我一下，我很快就出來。」

還來不及回應，落下這句話，亞瑟便和菲律賓青年勾肩搭背的走進餐館內。

將視線從眼前一高一低的背影上移開，溫紫晴轉身面朝大海的方向。

一個人靜靜的望著不斷拍打上岸的海浪發呆。

沙灘上有一些吃完晚餐並著肩散步的旅客，也有一些和溫紫晴一樣獨自一人站在海邊發呆的旅人，即使是夜晚，白沙灘上也依舊洋溢著一股愜意歡快的氛圍。

溫紫晴正想闔上眼睛好好感受迎面吹來的海風，口袋裡的手機卻無預警的震動起來。

重重嘆了口氣，突然有種從夢境中被硬生拽回現實的感覺。

內心掙扎了一番後，溫紫晴還是決定將手機從口袋中掏出。

當許萬豪這個名字出現在螢幕上，難以言喻的無力感瞬間從胸口開始蔓延。

沒有什麼甜蜜的暱稱，一直以來，他們都是用本名稱呼對方的。

不知道為什麼，溫紫晴有些抗拒聽到許萬豪的聲音。

好像從那天以後，對於許萬豪，她心裡一直都是抗拒的，只是始終找不到確切的理由而已。

許萬豪不是一個善於表達的人，某一部分，他跟溫紫晴很像。

他們同樣不喜歡講電話、同樣不擅長擁抱，卻也同樣明確的知道，彼此需要這段關係。

許萬豪長她八歲。是竹科某間大型科技公司裡的研發工程師，老實的外表配上靦腆的笑容，在見到他的第一眼，溫紫晴就覺得，對方應該會是外婆喜歡的類型。

二十六歲以後，溫紫晴一張空白的愛情履歷成為外婆最感擔憂的事，為了不讓外婆擔心，在朋友的介紹下，溫紫晴在一間沒有過多裝潢的普通咖啡廳與許萬豪相遇。

她穿著一套普通的白色洋裝，點了一杯普通的咖啡，和許萬豪有一搭沒一搭的聊著，他很努力，她全看在眼裡。

聽朋友說許萬豪想找個溫順乖巧的女孩穩定下來，可研發工程師的工作太忙，所以總是沒有機會談感情。

三十五歲了，許萬豪承受不了家裡人頻頻催婚，也開始跟著著急，某次聚會上他見到一個人靜靜坐在會場中翻閱雜誌的溫紫晴，便輾轉拜託朋友替自己牽線，過程一點也不浪漫，但最後他們還是走到了一起。

在他們交往的兩年間，分別見過幾次對方家長，雖然對於溫紫晴的出身頗有微詞，但也許是覺得再找下去也不會有更好的對象，許萬豪的媽媽最終還是勉強接受了她。

儘管知道她看著自己時，時常會用一種居高臨下的目光，但是溫紫晴都能理解，畢竟許萬豪的父母共同經營著一間小有名氣的律師事務所，從小到大許萬豪一直都是在極為優渥的環境下長大。

他從小成績優異，一路升上了頂大，與溫紫晴半工半讀的大學生活不同，許萬豪憑藉過人的頭腦，靠著獎學金以及父母的用心栽培在美國拿下兩個碩士學位，一回到台灣就立刻被新竹一間赫赫有名的科技公司錄取，在研發部門一路升遷無阻，當別人都還在為了生計苦惱的三十代，許萬豪已經坐穩中階主管的位置，與他相比，溫紫晴確實沒有一樣配得上。

「萬豪工作忙，之後如果你們結婚搬到新竹生活，小溫會在新竹找工作嗎？行政工作辛苦又賺不了什麼錢吧？媽是覺得之後呢，妳就把工作給辭了，女孩子還是以家庭為重比較重要，反正光靠萬豪一個人的薪水，在新竹買一間不錯的房子，一家人一起生活也足夠了，工作辭了以後生孩子也能自己帶，還能省下一筆保母費。」

第二次見到許萬豪的父母，坐在挑高的大理石客廳裡，溫紫晴依然有種格格不入的感覺。許萬豪沒有他父親的嚴肅、也不像母親那般咄咄逼人，他只是沉默，面對自己母親對溫紫晴說的所有，他通通選擇沉默，溫紫晴不確定是不是平時的他不敢這樣對自己說，可實際上他心裡其實一直也都是這樣認為的。

就好像結婚以後，捨棄這些年溫紫晴在台北打造的生活，已經成了必然的結果。

因為對許萬豪一家而言，她就像隻門不當戶不對的麻雀，能夠嫁給許萬豪，是她上輩子修來的福氣。

但這些，溫紫晴其實都不在意。

因為外婆喜歡許萬豪，自從知道溫紫晴和許萬豪交往後，外婆三不五時就會和溫紫晴提到有關結婚的話題。

她想看溫紫晴披上婚紗，想到她一個人在北部生活有一個願意愛她、照顧她的人，她才能感到安心。

溫紫晴說好。

對於外婆的所有要求，她總是說好，因為在台北工作無法時常回去看她，溫紫晴更加賣命的工作，每個月存下一半的薪水準備日後把外婆接來北部一起生活。

這些努力看在許萬豪眼裡，卻顯得微不足道，在許萬豪眼裡，任何事物都有著難以被動搖的階級之分。

例如某一次，許萬豪對著她氣憤的抱怨：「我今天下班回家的時候，有個女三寶根本看不懂交通號誌，真不知道是靠什麼管道拿到駕照的。」

這句話背後，溫紫晴隱隱有些搞不明白，主詞裡的「女」跟「三寶」究竟哪個才是許萬豪想要闡述的重點，不是溫紫晴鑽牛角尖，只是許萬豪每每開車上路的時候，看到前方的車子開得有些搖晃，或是轉彎不夠俐落，都會轉過頭來對著自己說，「我跟妳保證，前面開車的一定是個女的。」

亦如許萬豪總是不肯搭火車，也總是叮囑溫紫晴別太常搭火車，可以的話搭高鐵他會比較放心，起初溫紫晴以為許萬豪是為了節省時間，直到後來才明白，在許萬豪眼裡，就連交通工具都有各自所屬的階級符號。

「火車上人比較複雜，搭高鐵會比較舒服。」

「可是我蠻喜歡搭火車的啊，而且高鐵票是火車票的兩倍。」溫紫晴不明白許萬豪為什麼這麼堅持。

「就是因為這樣，所以火車上才會有很多怪人啊。工人、窮學生跟外勞什麼的。」

當許萬豪用無比肯定的語氣說出這句話時，溫紫晴卻沉默了，時隔許久之後，才淡淡的回了一句，「是嗎。」

是嗎。

跟許萬豪聊天的時候，溫紫晴時常會覺得自己是個話少的人，儘管他們都不是話多的類型，但大部分的時間都是許萬豪在說，也許這也是他們不常爭吵的原因。

所以當許萬豪第一次踏入溫紫晴在南投的老家時，溫紫晴很快便注意到許萬豪微微抽顫的嘴角，他其實很努力了，可溫紫晴還是注意到那張斯文的臉上微微蹙起的眉頭。

許萬豪說自己從來沒在鄉下生活過，待了兩天便再也受不了，原本說好吃過晚飯才回去，他卻藉口工作忙，下午就匆匆收拾好行李，外婆為了招待他一大早就四處到附近的市場張羅食材。

他說「不用麻煩。」外婆還是堅持給他打包了一整鍋的燉雞。

回程路上，溫紫晴一句話也沒有和許萬豪說，那是他們交往兩年間，許萬豪第二次見到外婆，第一次是外婆知道溫紫晴交了男朋友不久，大包小包的轉了好幾趟車特別跑來台北一趟，就為了能夠見未來的孫女婿一面。

事實也確實如溫紫晴所想，許萬豪這種乾淨老實的類型著實很合外婆心意，加上明眼人都看得出來，許萬豪是真心很喜歡溫紫晴，外婆當然更是滿意了。

溫紫晴起初還有些搞不明白，許萬豪怎麼會喜歡上這樣的自己。

直到在一次與朋友的聚會上，友人追問許萬豪喜歡溫紫晴什麼，他回答：「第一眼看見她的時候，就覺得實在太漂亮了。」

「除了外表之外就沒有其他的了嗎？」

「嗯？」許萬豪偏著頭思索了一陣，最後紅著一張臉囁嚅的說：「她很聽話、也很孝順。」

身旁的朋友一邊起鬨，一邊笑鬧著哼唱結婚進行曲，坐在位子上的溫紫晴卻怎麼樣也笑不出來，那是她第一次感到猶豫，有些不確定自己是否真的想要嫁給許萬豪，她知道自己確實是喜歡他的，不然不可能會和他在一起長達兩年的時間。

只是每當許萬豪露出一臉羞赧的表情，對著她傳達愛意時，她卻總覺得有種說不出口的怪，那些情緒逐漸在心裡發酵，讓她更加的困惑。

許萬豪想跟她共組家庭，在他們剛開始交往的時候他便表明了。

和許萬豪在一起的日子每一天都很平淡，幾乎沒有熱戀期，就像談公事一樣，交往過了半年後，許萬豪便時常拿著婚宴會館的傳單到溫紫晴家，那是一種暗示，同時對溫紫晴而言也如同一份必須完成的工作。

幾乎沒有爭吵的交往過程，也讓許萬豪更加確定溫紫晴就是他想要的女孩。

直到那次他藉口有事早早從溫紫晴的老家逃跑，溫紫晴覺得使用「逃跑」兩個字再貼切不過了，畢竟許萬豪一直以來都不是個善於掩藏自己內心的人。

從南投老家返回台北的路上，許萬豪見溫紫晴始終一句話也不說，就只是睜著眼睛愣愣望著窗外，他終於再也忍不住，故作幽默的笑著對著溫紫晴說：「其實我真的完全看不出來，妳是在那種地方長大的呢。」

那種地方？

「那種地方是哪種地方？」儘管強忍著心裡的怒火，溫紫晴還是掩蓋不了語尾的顫抖。

「鄉下地方啊，從小到大我真的從來沒有住過鐵皮屋，我一踏進妳家第一個想到的是，颱風來的時候難道不會倒嗎？」許萬豪完全沒有察覺到溫紫晴語氣裡的憤怒，依然嘴角帶笑一派輕鬆的說。

像是理智線突然被誰剪斷似的，溫紫晴第一次對著許萬豪大聲說話。

「你從小在台北長大，住在豪宅裡，什麼事情都不需要自己動手，這樣有比較了不起嗎？」

前所未有的冰冷語調，就連溫紫晴自己都嚇了一跳。

只見許萬豪臉上露出不知所措的表情，有些不自在的往溫紫晴的方向看了一眼，轉動方向盤的手變得急躁了起來：「我沒有那個意思啦，我……只是覺得很新鮮，因為我真的從來沒有去鄉下住過，妳……生氣了？」

「如果真的讓你感覺那麼糟的話，也許我們真的沒有那麼適合吧。」

很奇怪，吐出這句話的時候，溫紫晴心裡竟是無比平靜的。

「妳為什麼要這樣說話？」

許萬豪的語氣聽起來既著急又慌亂，「我……我就沒有其他意思嘛，只是看妳好像很累，所以想要說點什麼逗妳開心而已……。」

「你總是這樣。」可能是因為心裡毫無波瀾，所以顯得語氣平淡，溫紫晴微微撇過頭去望著許萬豪：「這種地方和那種地方、我家和你家，所有的一切對你來說都有分等級，就連我也是。」

交往了快要兩年，這是溫紫晴和許萬豪最激烈的一次爭吵，也是唯一一次爭吵。

溫紫晴不明白，為什麼許萬豪就只是像平時一樣，將心裡所想的毫不保留的告訴她，卻會讓她感覺那麼不舒服。

是不是因為，許萬豪說出「那種地方」時的表情、語調，一下子將她心裡最珍視的那些通通都給擊碎了。

對溫紫晴而言，她現在生活的地方、許萬豪生活的地方，還有許萬豪父母生活的地方，就跟外婆生活的地方沒什麼兩樣，只是每個人各自選擇了最適合自己的生活方式，僅此而已。

可許萬豪說出那句話的語氣……卻好像高高在上的站在某個地方，用戲謔的眼光看著溫紫晴深愛的那座小鎮，看著她成長的軌跡，還有幾十年來沒有一刻不努力工作的外婆，就好像她們都是低人一等的，就好像……她們都是他眼中「複雜」的一群人，對他而言，她們的存在……就是有別於正常值以外的偏差。

那是溫紫晴第一次深刻意識到，許萬豪的世界運轉的方式和她的太過不同了。

那些溫紫晴認為該是相對存在的事物，在許萬豪眼裡卻通通變得絕對起來。

在許萬豪的認知裡……所有的一切都有對錯之分。可偏偏……溫紫晴明白，一但將所有事物二元對立了起來，那麼勢必會有一方會受到傷害。就像過去自己曾經對徐子權所說過的話一樣。

當一個人大聲喊出自己正常時，那麼處在正常值之外的人呢？

如果太過依循某套既定的標準看世界，那麼被排除在標準之外的那些……又該在何處找到屬於自己的容身之處呢？

也就是那天開始，溫紫晴開始有了離開她現在生活的地方，到別處看看的想法，外婆已經老了，如果再不趁這幾年好好把握機會帶著她出國看看的話，自己說不定會很後悔。

溫紫晴記得，外婆曾經和她說過，自己這輩子沒什麼看過海，所以如果要旅遊的話，想去有一整片美麗海灘的地方看看。

溫紫晴說好。

外婆笑著回她：「等以後妳跟阿豪結婚，我們可以三個人一起去的話……就太好了。」

那次爭吵後，溫紫晴和許萬豪之間維持了很長一段時間的尷尬。

也是從那時候開始，許萬豪和溫紫晴在一起時，開口說話的時間越變越少，語句也越縮越短，彷彿害怕自己犯錯似的。

兩人時常守著很長的沉默，只能用一些日常的問句稍稍填補空虛。

溫紫晴感覺得出來，許萬豪依舊竭盡全力的在對自己好。

他是愛她的。

她一直都知道。

可是自己對許萬豪的感受，溫紫晴卻有些不確定了，自從那次和許萬豪起了爭執，溫紫晴總覺得心裡好似落下一塊難以被忽視的疙瘩，不會痛，但卻讓她在面對許萬豪時，變得比過往任何時刻，都還要來得冰冷僵硬。

溫紫晴不禁會想，會不會這就是過去自己總是用一句「是嗎。」草草結束那些她明白，這就是許萬豪成長到三十幾歲所建立起來的價值觀，卻又總是會在心裡產生許多疑惑的話題。

也許是基於一種補償心理，溫紫晴在吵架後的一個月，主動開口提議一起出國旅遊的事。

「你今年還有多少天特休？」

兩個人在一起的時候，溫紫晴顯少主動開啟話題。

許萬豪臉上的表情顯得有些詫異——夾雜著一絲喜悅的那種詫異。

「我……我今年都還沒有休，所以還有二十幾天。」

「那……」溫紫晴頓了頓，將幾張從旅行社拿來的長灘島行程攤在桌面，吶吶的詢問道：「要安排一個時間，一起去長灘島旅行嗎？」

沒有過多的猶豫，許萬豪一口答應了。

但是後來——卻只有溫紫晴一個人來到了這裡。

滑開來電顯示，電話另一頭的人似乎很驚訝，沉默了幾秒後發出一聲帶著些許顫抖的「喂」。

「喂。」溫紫晴靜靜看著從眼前經過的年輕男女，海浪拍打上岸的聲音，讓耳畔男人顫抖的嗓音顯得更加陌生。

「我預計下週四出發，但是公司這邊還有太多事情需要處理了，大概只能停留三天。」

接下來有很長一段時間，溫紫晴的耳畔只剩下微弱的電波聲，還有周圍傳來的嬉笑。

海風又一次吹散她勾至耳後的頭髮，像是在提醒著她電話另一頭還有個人正在等待她的回覆。

用力吸了一大口氣，溫紫晴微微輕啟唇瓣，她的聲音很輕，就像海浪拍打上岸後捲入水中的細沙，不留下一點痕跡。

「我們分手吧。」

沒有猶豫，也沒有停頓，宛若深埋在沙灘深處遲遲未被挖掘的貝殼，結束一段長達兩年的感情，其實不如溫紫晴想像中的困難。

在接起這通電話前，她甚至沒有料想到自己會向許萬豪提出分手，但當她吐出這句話的同時，卻又覺得自己似乎已經在夢裡練習過很多次了。

就連許萬豪的反應，都曾在她的潛意識中上演過。

她不害怕許萬豪沉默，可她害怕在他澈底沉默後，會給她帶來更大的傷害，而許萬豪也確實這麼做了。

「妳還在因為那件事生我的氣嗎？溫紫晴妳知不知道自從……」沒等他把話說完，溫紫晴飛快的掐斷通話，握著手機的手虛軟無力的垂落，她突然覺得有些喘不過氣，緊緊揪住自己的衣領，低著頭表情痛苦的大口喘氣。

溫紫晴沒有注意到亞瑟早就從餐酒館裡走出，不聲不響地站到了她身後。

好不容易稍稍冷靜下來，她顫抖著將手機收回口袋，溫紫晴微微瞇起眼睛，仰起頭來用力吸了一大口氣，夜晚的空氣中帶著一股鹹鹹的海水味，溫紫晴的腦海裡頓時浮現那天於鱷魚島附近的海域浮潛時，亞瑟臉上浮現的那抹純粹的笑。

一回過身，卻發現那張燦爛笑臉此刻就在一個伸手即可觸碰到的位置，即使不刻意抬頭，溫紫晴也能自然接上那雙閃著燦爛光芒眼眸。

「你是……什麼時候站在這裡的？」

她頓時覺得耳根有些發燙，結結巴巴地躲開亞瑟帶著淺淺笑意的雙眼。

「嗯？」亞瑟偏著頭假裝思考，「如果妳想要我假裝什麼都沒聽到的話……我可以像那天妳在這裡喝得爛醉的時候一樣，什麼也不問。」

「我真的很想知道……我那天到底都跟你說了些什麼？」溫紫晴苦笑了一下，緩緩走到亞瑟身旁的空位停下。

笑著遞上一罐剛剛開封的啤酒，亞瑟輕啟唇瓣淡淡的說：「我可以跟妳稍微透露一點。」

那張深邃的臉龐上，染上一抹溫暖的笑：「妳想找的答案，其實一直都沒有那麼難。」

他頓了頓，接著說，「因為妳一直都知道問題是什麼。」

接過啤酒，溫紫晴淡淡的仰起頭來，靜靜的直視著眼前被風吹著不斷往前推擠的浪。

「看來那天……我是真的告訴你很多事吧。」

亞瑟舉起手上的酒瓶輕碰了一下溫紫晴手上的。

「所以在我們分開以前，喝完這瓶就好，不能再多了。」

「也許喝多一點，我還能在旁邊架著攝影機，看看我喝醉後到底都拉著你說了些什麼。」

溫紫晴語帶笑意的仰頭望向身旁那張好看的側臉。

嘴角浮現一抹淺淺的笑，亞瑟沒有回應溫紫晴的目光，直直望著大海的方向，輕輕的在溫紫晴耳邊留下這樣一句話。

「小溫，妳只是暫時還無法在太清醒的時候，說服自己罷了。」

第四章　為逃而逃的旅行

在長灘島的時間感覺走得特別快。

早上起床吃個早餐，帶著相機到沙灘上走走看看，或是到附近的傳統市場晃晃，一下子就又到傍晚。

有時候運氣好的話，溫紫晴會在芒果冰沙的攤位上遇到亞瑟，有時整天都見不到人，直到傍晚時分才見他全身濕漉漉的回來，即使亞瑟說自己是來長灘島短暫休息的，但在溫紫晴眼裡，他幾乎每天都有行程。

亞瑟跟這裡的許多攤販都相處融洽，和亞瑟一起在沙灘上漫步時，溫紫晴時常感受到周圍不斷向兩人投遞而來的目光，這裡的人大部分都很熱情，一開始溫紫晴還不太習慣走在路上，時不時會有出聲向自己打招呼的遊客或是攤販，到現在她已經習以為常了，甚至會在對方出聲前率先掛上笑臉。

和溫紫晴不同，大學生們的畢業旅行很快便迎來了尾聲。

徐子權在回國前一天晚上，來到溫紫晴的房門口，遞給她一張寫有他所有資訊的紙條，還有兩張寫滿文字的明信片。

「一張給妳，一張給外婆。」

徐子權臉上浮現一抹淡淡的笑，有些不好意思的說：「順便幫我和外婆說，我很想念她，等我下次從美國回來的時候一定會去找她。」

溫紫晴給了他一個大大的擁抱，有些不捨的對著男孩說：「我會的，你好好保重，我們保持聯絡。」

轉身離開前，徐子權又一次回過頭，在那一瞬間溫紫晴覺得自己好像又一次看見了那個瘦小無助的男孩，可是這一次男孩的眼神不再動搖，臉上的笑容也變得更加堅定了，他掛著笑容對著她說：「等我回來。」

「嗯，我一定等你回來，一路順風。」溫紫晴也同樣勾起嘴角，語氣堅定的對著他說。

來不及和李芮還有魏安莫道別，隔天一早他們便搭著小船離開了長灘島，小碧傳來訊息告訴溫紫晴，自己接下來幾個禮拜會在宿霧帶團，旅行社會有接應的導遊，讓溫紫晴不管有什麼問題都可以和對方聯絡。

也許一切也就如亞瑟說的……。

起初是一個人的旅行，但是旅行途中會遇到許多不同的人，相遇、熟悉、分別，然後……再次變回一個人。

能在長灘島上遇見亞瑟，是這趟旅行中溫紫晴覺得最幸運的一件事，她喜歡聽亞瑟分享自己在不同國家發生的事，亞瑟很會說故事，就只是靜靜的聽著，也讓溫紫晴感覺自己好像也跟著他一起經歷過一場又一場驚心動魄的旅程。

亞瑟的朋友很多，溫紫晴也時常受邀參與一些日常的、隨性的小聚會，例如徐子權等人離開後不久，在距離本島不遠的小島上舉行的ＢＢＱ派對，溫紫晴一口氣吃下好幾串烤得恰到好處的炭烤豬頸肉。

想到初至島上的夜晚，她和大學生們在亞瑟工作的那間餐酒館聚餐，一行人點了滿滿一桌的餐點，那幾張帶著些許稚氣的開朗笑臉冷不防於腦海浮現，溫紫晴知道自己確實有點想念他們了。

亞瑟給她倒了一杯柳橙汁，在溫紫晴身旁坐下，圍著烤爐盡情舞動的菲律賓青年、少女，開心的哼唱著溫紫晴聽不懂的歌曲。

坐在那張用竹藤編織的躺椅上，溫紫晴輕輕啜飲了一口沁涼的柳橙汁，忍不住開口對著亞瑟說：「如果今天李芮他們也在這裡的話，一定會毫不猶豫的站到台上跟著大家一起跳吧，總覺得……今天晚上特別想念他們呢。」

亞瑟瞇起雙眼，深邃的臉龐上浮現一抹淺淡的笑意，「他們現在在做什麼呢？」

「嗯……應該已經回到校園，開始準備畢業以後的事情了吧。」

「台灣現在是什麼季節啊？」

「現在是四月，所以還是春天，最近台北應該開始下雨了，雖然台北本來就很常下雨，跟這裡完全不一樣。」

「是嗎。我去過最常下雨的國家應該是挪威。」亞瑟點點頭，兩眼直視著眼前開心跳舞的朋友們，不知道在想些什麼。

「你真的去過好多地方喔。」溫紫晴忍不住感嘆，「你應該就是傳說中的富二代吧，就跟李芮還有徐子權一樣。」

溫紫晴的話把亞瑟給逗笑了，他緩緩將手中的飲料杯放下，輕輕的說：「如果錢買不到自由，那我真的是個十分有錢的人。」

沒等溫紫晴回話，亞瑟接著說：「如果之後妳回台灣了，我也會像現在這樣，想像妳在台灣的樣子……然後想念妳。」

周圍嘈雜的嬉鬧聲削弱了亞瑟說話時的音量，溫紫晴好後悔自己沒在亞瑟說話的時候好好看看他臉上的表情，因為等到她回過頭時，那雙深邃的眼睛又恢復了平時的調皮，明顯和方才微微顫抖的溫柔嗓音不同。

「如果可以的話，你也可以來台灣找我，你……總是會回去的吧。」

說出這句話的時候，溫紫晴才恍然想到，自己似乎從來不曾聽見亞瑟提起自己在台灣生活的過往。

「或者是……妳可以繼續留在這裡？」亞瑟溫柔的笑了笑。

溫紫晴其實一直都有發現，亞瑟好像總會在談論到某些特定話題時，下意識地閃躲，就和她一樣。

「如果可以的話……我也很想這樣，也想跟你一樣去很多不同的地方看看，但我覺得我還是會想家，想念屬於我的地方，想念珍珠奶茶、早餐店的蛋餅，還有二十四小時營業的便利超商。」

「這樣很好啊，」亞瑟淡淡的說：「至少妳還知道哪裡是屬於妳的地方。」

沒有停頓太久，亞瑟望了一眼被溫紫晴珍惜的抱在懷裡的相機包：「回台灣之後，妳還會繼續攝影嗎？」

「我也不知道。」溫紫晴仰起頭來輕輕的晃了晃腦袋：「但我其實一直蠻想試試看的，只是不確定自己做不做得到。」

「雖然我不懂攝影……但是妳拍的照片，有一種獨特的淒涼的美，連我這樣的外行人都看得出來，妳很有天分。」

「獨特的淒涼的美？聽起來怎麼不太像是稱讚啊。」溫紫晴覺得好笑。

亞瑟卻露出有些慌張的臉，擺了擺手解釋道：「我的意思是……妳很有天分，應該好好考慮往這個方面……發展一下。」

「那在我成名之前，要不要讓我多拍幾張照片啊？」溫紫晴語帶笑意的作勢要從相機包裡掏出單眼相機。

沒想到亞瑟卻當真了，慌張的握住溫紫晴掏出相機的手：「今天忙了一整天，我現在的樣子太狼狽啦，而且我現在穿著Stefano借我的衣服，太不時尚了，改天再讓妳拍我認真工作的樣子。」

「你有考慮過Stefano的心情嗎？而且你平常不是也都是短褲配T恤？」沒有急著撥開亞瑟的手，溫紫晴感受到亞瑟手心的溫度染上了她微涼的手背，很奇怪，她並不討厭，和亞瑟在一起的時候她似乎會變成另外一個溫紫晴，以前並不覺得自己是個特別愛說話的人，但是她卻可以和亞瑟不間斷地聊上一整晚，笑得多了，也開始願意敞開心扉嘗試很多事。

不知道是不是因為自己是在最狼狽的時候遇上了亞瑟，他陪著她征服了對浮潛的恐懼，看過她酒醉發瘋的樣子，所以和亞瑟在一起的時候，溫紫晴心裡總是會有一種特別安心自在的感覺。

如果哪一天沒在沙灘上遇到亞瑟，她還會刻意在他可能會出現的地方打轉，想像他在芒果冰沙攤招攬客人，又或在渡船上笑得開懷的樣子。

溫紫晴心想，回到台灣以後，自己應該也會非常想念亞瑟吧。

自從那天和許萬豪在電話裡鬧得不歡而散，溫紫晴每天晚上都會無意識的到沙灘上尋找亞瑟，自己一個人待在房間裡總是讓她感到窒息，她害怕許萬豪的沉默，就好像隨時準備噴發的火山。

一個人待著的時候，溫紫晴總覺得許萬豪彷彿每分每秒都在思考該如何將自己帶回深淵，她嘗試過封鎖他的消息，卻又覺得如果自己當真這麼做了，對許萬豪而言似乎真的太不公平了。

她發洩完了，他卻絲毫沒有發洩的機會。

畢竟提分手是她單方面的，許萬豪對於這件事，始終沒有給予任何正面的回應。

「明天要跟我一起去搭風帆船嗎？」

這是亞瑟第一次正式向溫紫晴提出邀約，過去兩人總是以不期而遇的方式在沙灘上見面，畢竟長灘島不大，亞瑟又總是出沒在固定幾處，想要找到他對溫紫晴而言並非難事。

可不知道為什麼，當亞瑟開口提出這樣的要求時，溫紫晴一顆心跳得飛快，有點激動、也有點期待。

「明天嗎？」不是刻意裝傻，但她就是想再親自確認一次。

「對。明天，我會跟我朋友借一艘最好看的風帆船。」亞瑟扯了扯嘴角，深邃的臉龐在今晚的夜色下顯得更加英俊瀟灑。

望著亞瑟的眼睛時，溫紫晴很常感覺自己就像一隻迷失在森林裡的小鹿，這座森林很深，卻有著讓人無法抗拒的吸引力。

亞瑟說話的時候，溫紫晴很喜歡盯著他的側臉看，雖然亞瑟總是告訴她長灘島的夕陽很美，但她反而覺得靛青色夜空下，那雙宛若星子的雙眸會閃著極致無瑕的光，耀眼的讓她想起南投老家夜色裡的星，好看的，讓人捨不得移開目光。

和亞瑟約好隔天下午三點在芒果冰沙的攤位集合，溫紫晴比任何時刻都還要更期待隔天早上的陽光。

這是來到長灘島那麼多個日子裡，唯一一個不需要依靠酒精也能早早入睡的夜晚。

隔天一早，溫紫晴起得很早，坐在化妝台前認認真真的畫了一個完整的妝，她很少擦裸色以外的口紅，但今天特別想要打扮得和過去不一樣，以前和許萬豪約會的時候溫紫晴從來沒有如此用心的打扮過自己，許萬豪不喜歡她化妝，如果哪天妝感太重可能還會被他揶揄一番，也許是為了避免爭執，溫紫晴總會下意識的避開過於濃烈的彩妝，這是她和許萬豪在一起兩年中養成的習慣。

在長灘島待了快三個禮拜，溫紫晴已經漸漸習慣了這裡的生活步調，可能是觀光客多於本地人許多的緣故，長灘島很多餐廳的定價都偏高，所以大致嘗過幾家後，溫紫晴更常一個人到菲律賓當地才有的連鎖速食店用餐，她不喜歡吃漢堡，這裡的速食店有炸雞配米飯的套餐，很合她的胃口。

經過一番打扮後，溫紫晴本想著一個人吃過午餐，再去附近的傳統市場拍幾張照片，等時間差不多就到芒果冰沙的攤位和亞瑟會合，沒想到正準備發送訊息告訴亞瑟自己現在就要從旅館離開，卻看見訊息欄位上跳出來一條二十分鐘前傳來的訊息。

「我們聊聊好嗎？」

看到訊息的那一刻，溫紫晴頓時感受到呼吸系統的停滯，窒息的感覺又開始於胸口蔓延，瞬間叫她喘不上氣來，重重的將手機拍在桌面上，溫紫晴本想當作什麼也沒看到，最後還是強逼著自己冷靜下來，顫抖的點開與許萬豪的聊天視窗。

手指麻木的敲打著鍵盤，一行又一行的訊息溫紫晴來回刪改了好幾次，最後她這樣對著許萬豪說。

「很抱歉，最後我還是做出了這樣的決定。我知道你可能會覺得很不公平，但這些日子我想了很多，你要的……也許一直都不是像我這樣的女孩。這兩年的時間真的很感謝你的照顧，即使我們沒有辦法和一開始說好的那樣成為彼此一輩子的依靠，我也真心希望你能夠幸福。」

訊息傳出後沒多久，溫紫晴便發現訊息欄位下方顯示的已讀。

一顆心仍舊緊緊揪著，她知道這些話許萬豪第一時間絕對沒有辦法接受，對於一個自尊心極高的人而言，這些話太過殘忍。

守著這份叫人坐立難安的沉默許久，溫紫晴卻遲遲沒有等到許萬豪的回覆。最後，她緩緩嘆了口氣，從梳妝台前的木椅上起身。

溫紫晴決定暫時先不去想這件事，至少今天一天，她不希望好不容易整理好的心情一下又通通回到原點。

走到飯店大廳，溫紫晴一眼就看到亞瑟的朋友 Stefano，他對著溫紫晴漾起一抹陽光的笑容，輕輕對她擺了擺手。

稍微和 Stefano 交談了幾句，溫紫晴告訴他自己現在要去 Jollibee 用餐，他也笑著和溫紫晴分享自己等一下要和亞瑟還有另外幾個船員，駕船帶一批昨天剛上島的遊客去浮潛。

在飯店大廳和 Stefano 道別後，溫紫晴的心思依舊無法從今天早上收到的訊息上移開，儘管逼著自己不要去想，她依然時不時就會想起來。

簡單吃過午餐後，溫紫晴一個人沿著白沙灘走了好遠的路，還在傳統市場內繞了好幾圈，對於市集裡琳瑯滿目的商品她卻一點也提不起精神來，記得第一次和亞瑟一起來逛傳統市場的時候，亞瑟一直開玩笑說要給她買在長灘島才買得到的蟾蜍包，外型真的就是一隻蟾蜍的模樣，因為長得太過可怕，溫紫晴總是極力避免去看它，只是每次走在傳統市場裡，就會忍不住想起亞瑟拿蟾蜍包恐嚇她時，那張笑得無比燦爛的笑臉。

白沙灘總長有四公里，一面走著一面心不在焉的胡思亂想，很快就到了和亞瑟約定的時間，溫紫晴提早十分鐘站到芒果冰沙的攤位前，發著呆靜靜等候著亞瑟的到來。

等待的過程中，溫紫晴遇見一對台灣情侶，他們各點了一杯芒果冰沙，停在溫紫晴身旁的位子上閒聊。

她靜靜地發著呆，聽著兩人有一搭沒一搭的聊著。

「他們是幾點出發去浮潛的？」女人吸了一口芒果冰沙，有些口齒不清的問。

「早上十點多的時候吧。」男人的語氣裡充滿不確定。

「是嗎？我怎麼覺得現在這個時間他們也該回來了？」女孩從口袋裡掏出手機看了一眼：「我姊都沒有回訊息欸，你要不要傳訊息問問看你朋友。」

「哎呦，誰在浮潛的時候還會看手機啊。」

「不是啊，現在都已經三點多了欸，怎麼可能這麼久，我們等一下還要去玩風帆船，算一算只剩下不到半小時欸。」

沒忍住被他們的談話吸引，溫紫晴頻頻用眼角餘光掃視二人。

她看了一眼現在的時間，已經三點十分了，溫紫晴很清楚亞瑟是個守時的人，不可能會遲到的。

著急的掏出手機，寫有亞瑟名字的聊天視窗依舊空蕩蕩的。

溫紫晴一顆心跳得飛快，迅速的發出一條：「你在哪裡？」的訊息給亞瑟。

又過了五分鐘，亞瑟依舊沒有回覆，這下溫紫晴是真的有些慌了。

她別過頭去對著一旁忙著打電話聯絡朋友的台灣情侶說：「不好意思，我也聯絡不上我去浮潛的朋友，請問你們有收到任何消息了嗎？」

聽了溫紫晴的話，原本淡定的男人也開始緊張了，有些錯愕地問道：「那……妳朋友有跟妳說他幾點會回來嗎？」

「我們約了三點在這裡碰面，但是已經過了十五分鐘了，卻一直沒看到人，傳訊息也沒有回覆。」

站在男人身旁的女人緩緩放下舉在耳邊的手機，瞋著一雙圓圓亮亮的眼睛來回望著溫紫晴和身邊的男人：「電話都打不通欸，不會真的出了什麼事了吧？」

「妳不要亂講話，一天到晚自己嚇自己。」男人雖然嘴上這樣說，但從他掏出手機的動作來看，溫紫晴知道他也跟著感到緊張。

因為遲遲聯繫不上亞瑟，溫紫晴也沒忍住開始胡思亂想起來，越想就越心急，最後乾脆直接往碼頭的方向走，看到有船員就開口詢問，可是卻沒有一個人有辦法回答溫紫晴的問題，這裡來來去去的船隻太多了，船員和攤販的人數也多，自然不會每個人都彼此認識。

「那個……小姐！我們剛剛聯絡上朋友了！」

身後突然響起女人氣喘吁吁的聲音，也許是看到溫紫晴像個無頭蒼蠅似的不停在沙灘上亂竄，女人覺得自己有必要將剛剛得知的訊息告訴溫紫晴。

「他們剛剛在浮潛的時候分別有船員和團員被水母螫傷，結果太緊張加上沒有穿好救生衣就溺水了，聽說船上另外兩個船員為了要救人結果不小心被馬達下方的齒輪割傷了腰和腿，好像傷的很嚴重，現在好幾個人被接往醫院，他們要等著搭另外一艘船回來。」

聞言，溫紫晴突然感到一陣暈眩，她顫抖的從口袋裡掏出手機，亞瑟依然沒有回覆訊息，耳畔開始響起一陣嗡嗡嗡的低鳴，最終溫紫晴還是敵不過從腳底開始蔓延的無力感「啪」的一聲整個人跌坐在地。

「天啊！小姐，妳沒事吧！」女人焦急地蹲下身來，搭著溫紫晴的肩膀擔心的問：「妳朋友……還是沒有回覆訊息嗎？」

溫紫晴痛苦的不斷大口換氣，積聚於胸口的鬱悶感讓她覺得喘不上氣，眼前開始出現許多密密麻麻的黑點，輕輕扶在女人胸前痛苦的哀嚎著。

「我……我的朋友……是那艘船上的……船員。」

喘著氣，好不容易斷斷續續的把一句話說完，女人臉上露出一個「怎麼會這樣」的表情，低聲安撫溫紫晴：「妳……妳先不用擔心，應該不會有什麼大礙，也許他待會就會聯絡妳了。」

「妳……可以陪我去醫院嗎？」也顧不得是第一次見面的關係，溫紫晴哽咽著向女人苦苦哀求道。

儘管露出了不知所措的表情，但也許是不放心溫紫晴一個人待著，最終那對情侶還是非常好心的陪著溫紫晴搭上了前往醫院的嘟嘟車。

其實溫紫晴也不知道他們前往的地方是不是就是亞瑟等人被送往的醫院，她的腦子很亂，只記得女人不斷對著司機重複著「hospital」這個單詞，其他的她什麼也沒有聽清。

沿路上女人不斷溫柔的出聲安撫溫紫晴，讓她不要太過擔心，還貼心的把自己背包裡的礦泉水拿出來交到溫紫晴手上，讓她稍微喝點水緩和情緒。

也不知道過了多久，車子終於在一棟簡陋的建築物前停下。

「這裡是醫院嗎？」男人環顧了一圈周圍的環境，語氣裡滿是錯愕。

「沒辦法，畢竟這裡是小島，交通太不方便了。」女人無可奈何的領頭走了進去。

溫紫晴只覺得自己一顆心就快要跳出來了，她好害怕走進去後會看到亞瑟滿身是血的躺在裡面，想到這裡就讓她覺得喘不上氣。

沒想到還沒踏進醫院，就見女人一臉不知所措的從建築物裡走出，她先是對著男人搖了搖頭，而後轉頭對著溫紫晴說。

「裡面的人說沒有我們要找的人，他們今天沒有接到任何外傷患者。」

「怎麼會？」溫紫晴著急的邁開步伐，掀開遮蓋在入口處的布簾，即使不特別開口詢問，在極度簡陋的醫務室內確實見不到亞瑟的身影，甚至連護理人員都沒看到幾個，整間醫院平和的宛若一幢普通民宅，而溫紫晴等人則是誤闖民宅的觀光客。

儘管沒有在醫院內看到亞瑟，讓溫紫晴懸著的一顆心頓時安心不少，可她心裡很快就出現下一個疑問——那那些說是送往醫院治療的傷患去哪了？亞瑟又去哪了？

溫紫晴很清楚亞瑟是絕對不可能無故爽約的，甚至還連一封訊息也沒有，這太詭異了。

緊咬著雙唇，溫紫晴面色凝重的踏出醫院大門，女人正巧結束了通話，抬起眼來看向溫紫晴：「我剛剛打電話追問，我姊姊說他們和另一艘船的人分開後也不知道對方接下來去哪了，照理來說這裡應該只有這間醫院沒錯，不然的話……」

「不然什麼？」見女人欲言又止的反應，溫紫晴一時沒控制好音量，用幾近咆哮的音量問道。

「妳不要自己在那邊瞎猜。」男人輕輕推了推女人的肩膀，語氣裡盡是滿滿的無奈。

他轉頭來對著溫紫晴說：「妳要不要再試著聯絡看看妳朋友？畢竟繼續待在這裡也不是辦法……我們也必須去和其他同行的朋友會合了，如果醫院沒有找到人，代表應該沒什麼大礙。」

溫紫晴知道自己似乎給對方添麻煩了，朝著兩人微微頷首，吶吶的說：「對不起，還讓你們特別陪我跑一趟。」

「沒事沒事，大家出門在外本來就應該要互相幫忙。」女人輕輕拍了拍溫紫晴的肩膀：「妳也不用太過擔心，搞不好妳朋友過一會兒就聯絡妳了。」

雖然知道對方是在安慰自己，但確實也讓溫紫晴一顆慌亂的心安定不少，儘管回程的路上她依舊控制不了因為擔心而躁動不已的心跳，看著逐漸昏暗的天色，溫紫晴是真心希望亞瑟真的不要有什麼大礙才好。

回到白沙灘後，溫紫晴和那對好心的情侶禮貌的道別，女人還特別留下溫紫晴的聯絡方式，要她有什麼需要就儘管聯絡她。

沿著白沙灘來回走了幾趟，溫紫晴依然沒有見到亞瑟的身影，入夜了，白沙灘上亮起了一盞又一盞黃澄澄的燈，緊張擔心的情緒逐漸褪去，也不知道是終於接受了事實，還是四處奔波了那麼久卻始終徒勞無功，溫紫晴心裡突然一陣委屈，淚眼矇矓間，她感覺口袋裡的手機似乎震動了一下。

著急地翻出手機，亮起的螢幕上跳出的訊息卻不是亞瑟。

緩緩放下手機，溫紫晴失神的佇立於距離碼頭不遠處的沙灘上，面朝著海的方向，鹹鹹的海風迎面撫過她的臉頰，她不知道自己臉上擺著什麼樣的表情，只知道那封訊息好像又一次把她帶回了她最不想承認的回憶裡。

明明已經那麼努力的逃開了，為什麼還是不肯放過她呢……。

溫紫晴頓時感到渾身疲憊，委屈、憤怒、擔心、害怕，所有的情緒一時間全湧上心頭，就像隨著海風和浪紊亂搖晃著的渡船，暈眩的感覺將她團團包圍，溫紫晴多麼希望現在自己所經歷的一切都只是一場夢，夢醒了，亞瑟就會出現，她所愛的人也依然還在她身邊。

「小溫！」

正當溫紫晴就快承受不了心理積累的壓力時，遠處卻傳來一聲熟悉的呼喚，溫紫晴著急地別過頭去試圖尋找聲音的來源，無奈不論她怎麼努力，除了一片空盪的沙灘和拍打上岸的浪花外，漆黑的夜色下根本見不著任何人影。

「小溫，我在這裡！」

聲音似乎又更近了些，溫紫晴朝著夜色緩緩往大海的方向邁了幾步，海水浸濕了她的布鞋，卻依然見不到人，溫紫晴有些慌張了，朝著聲音的方向吼道：「亞瑟？是亞瑟嗎？你在哪裡？為什麼我看不見你？」

「妳往旁邊看，我在這裡！」

這一次亞瑟的聲音似乎又更近了些，溫紫晴朝著左邊長長一道向著海面延伸的塑膠浮板望去，終於在一艘有些破舊的渡船旁看見了亞瑟的身影。

亞瑟加快腳步，沿著塑膠浮板狂奔，就連靜靜守在這裡等著他跑向自己的時間，溫紫晴都覺得漫長。

不知怎麼的，亞瑟的身影漸漸變得模糊了，直到溫紫晴反應過來才發現，自己早已無法停下腳步，朝著亞瑟的方向發狂似的奔去，終於，她的雙臂扶上那道寬闊厚實的肩膀，將雙頰緊緊埋進亞瑟微微起伏胸膛的瞬間，溫紫晴失控的放聲痛哭了起來。

那個瞬間，她覺得自己彷彿是一艘於茫茫無際的大海中漂浮已久的船，終於找到了可以停泊的港灣，用力的抱緊亞瑟，溫紫晴再也顧不得其他，奮力的把這些日子積聚在胸口的委屈通通釋放出來。

她早已記不清自己上一次哭是什麼時候了，溫紫晴從來就不是一個愛哭的人，更不喜歡在別人面前哭，可是見到亞瑟的那一秒，她卻無法自拔的落下眼淚來，就好像害怕會又一次失去那般的緊緊擁著他。

溫紫晴不確定她現在到底是為了什麼而哭，只知道自己就這樣靠在亞瑟懷裡失聲痛哭了許久。

亞瑟一句話也沒說，輕輕回擁著她，很奇怪，溫紫晴感覺即使自己什麼都不說，亞瑟卻彷彿什麼都知道似的，他就只是靜靜地站著，一動也不動的溫柔輕拍著溫紫晴因為抽咽而起伏的肩膀。

也不知道過了多久，等到溫紫晴再也擠不出任何一滴眼淚，緩緩將臉從亞瑟的胸膛上移開，抬起眼來輕輕望向那張有著深邃輪廓的俊俏臉龐。

「你沒有受傷嗎？」哽咽著問出這句話，溫紫晴被自己覆著濃濃鼻音的嗓音嚇了一跳。

亞瑟溫柔的抹去她臉上的淚痕，嘴角帶笑，目光裡透出一絲淺淺的疑惑。

「受傷？」

「嗯，我今天在沙灘上等你很久，但是你沒有來，傳訊息給你你也都沒有回。然後……我就聽說有船員被船底的馬達割傷了，還有人溺水，就擔心你是不是因為出事了才沒有出現，坐了好遠的車跑去醫院，但是卻怎麼樣也找不到你……。」

聽了溫紫晴的話，亞瑟臉上閃過一絲愧疚，他微微拉開自己與溫紫晴的距離，將手搭在她的肩上。

「沒事。我沒有受傷，只是因為今天在船上和其他船員玩得太開心，不小心把手機掉進海裡，花了好久的時間好不容易才打撈上來，但是手機泡過水後連開機都開不了，所以才沒有辦法回覆妳的訊息，抱歉讓妳擔心了。」亞瑟說著，臉上浮現出一抹淡淡的笑：「還有妳說的那兩個受傷的船員是 Stefano 的朋友，還好他們傷得不重，只是流了比較多血，當下已經做了緊急處理，也送到島以外的醫院去做治療了，沒事的，妳看，我不是好好的站在這裡嗎？」

「可是你為什麼沒有準時出現，不是說好三點帶我搭風帆船的嗎？」

望著溫紫晴一雙因為哭過而腫得像紅肉李的眼睛，亞瑟忍不住笑著拍了拍她掛著淚痕的小臉：「為了找掉到海裡的手機，我到沙灘上的時候就已經三點半了，結果沒找到妳，我一直在想聯絡妳的方式，擔心妳會不會氣我沒有準時出現所以先回飯店，敲了妳的房門好久都沒有回應，然後又在大廳等了妳一陣子，但妳還是沒有出現，所以最後我就回到沙灘上等妳。」

說著亞瑟指了指身後停靠著的船隻，語帶笑意的說：「我在沙灘上來回徘徊了好久，最後實在是太累了，就隨便上了一艘船，想說在船上也能看見沙灘上的動向，如果妳出現了我就能立刻衝下船去找妳，結果等著等著一個不小心就睡著了，等到我醒來的時候天空就已經是現在這個顏色……。」

輕輕撓了撓鼻子，亞瑟又一次露出那抹帶著些許歉意的笑：「抱歉，我不知道妳是因為擔心我，還讓妳一個人這樣在島上到處奔波。」

「你知道當我聽到有船員出事的消息，我心裡的第一個想法是什麼嗎？」

溫紫晴的情緒已經平復的差不多，面朝大海的方向，靜靜的在沙灘上坐了下來。

「不知道欸，但我知道妳今天應該嚇壞了？」亞瑟的聲音混雜著拍打上岸的浪，清澈的宛若今天晚上的夜空一樣。

緩緩搖了搖頭，溫紫晴微微抬起頭，眼神迷離的望向天空。

「我在想……」她輕啟唇瓣，從喉嚨滾出的聲音有些顫抖：「為什麼這樣的事情，總是會發生在我身上。」

溫紫晴沒有發現，亞瑟正別過頭來，靜靜的注視著她。

臉頰染上一陣溫熱，溫紫晴感覺似乎又有什麼從眼眶中溢出，與方才不同，這一次她的內心平靜的多，儘管心底時不時還是會湧上一股難以言喻的委屈……。

這些日子，這樣複雜的情緒總是不斷困擾著她，只是今天晚上尤為濃烈罷了。

「今天……是我逃來長灘島的第三個禮拜，幾天後就要回去我原本生活的地方，但我卻覺得這陣子……我好像一直都在原地打轉，因為找不到出口，所以始終逃不出不來。」

輕輕抹去流至下巴的淚水，溫紫晴淡淡的說。

「也許……」亞瑟的聲音鍍上一層嘶啞的喉音，「妳可以試著告訴我，雖然不見得可以給妳帶來多大的安慰，但是我很樂意當妳的聽眾。」

「其實我也不知道該從哪裡開始說起。」溫紫晴苦笑了一下，一行熱淚又一次從眼眶滑落，這一次沿著鼻樑流至嘴角，淚水的苦澀混雜著鹹鹹海風灌入鼻腔。

「小溫，試著把那天妳在餐廳裡說的話……再和我說一次，只是這一次，不借助酒精。」亞瑟用無比溫柔的嗓音對著溫紫晴說。

聽了亞瑟的話，溫紫晴只是無奈的搖了搖頭。

「可是……我根本不記得那天到底和你說了什麼。」

沙灘另一頭不斷傳來的笑鬧聲，讓溫紫晴回想起剛到島上的那天，自己天真的以為只要離開她想要逃避的人、事、物一段時間，一切就會漸漸的好起來……。

「我……和交往兩年的男朋友分手了。」也許是覺得那樣的自己很可笑，說出這句話的時候，溫紫晴的語氣裡夾雜著一絲怨懟：「我那天也和你說了嗎？」

聞言，亞瑟晃了晃腦袋，隔了許久才輕啟唇瓣淡淡的說：「但是妳那天有跟我說……妳好像沒辦法像他愛妳那樣愛他，所以感到很抱歉。妳還說，也許當初選擇跟他在一起，從頭到尾都是為了不要讓愛妳的人擔心……。」

亞瑟說著，思緒回到了那晚溫紫晴抱著酒瓶喝得爛醉的場景。

「我把工作辭了大老遠跑……來就只是想要……逃避一段時間，就一個月的時間……好好搞清楚，我要的，到底是什麼……因為……我的生活簡直一團糟。」輕輕吐出這句話後，女孩雙手托著臉頰緩緩闔上眼皮。

亞瑟沒有想過上一秒還能坐得直挺挺和自己一來一往對談的女孩，不過一杯酒的空檔，就開始胡言亂語。

「妳喝多了。」他笑著想奪過她手中的酒杯，沒想到女孩卻開始發出痛苦的低鳴。

「我是自己一個人來的，一個人搭了好久好久好久的飛機來到這裡，所以回去的時候呢……當然也會是一個人。」女孩說著用手托住下巴，瞇著眼睛露出一抹糾結卻美麗的笑：「你難道不好奇我為什麼一個人來到這裡嗎？」

亞瑟緩緩移開擺在她面前的酒杯，笑著配合的猜道：「是因為……跟男朋友吵架嗎？」

「叮！」女孩將雙手的食指交扣，在亞瑟面前比了一個大大的叉叉：「我現在不想談起他……。」

「看來真的是和男朋友吵架啊。」亞瑟語帶笑意的點了點頭，開始覺得眼前這個醉酒發瘋的女孩有點可愛，儘管從見到她的第一眼，他就覺得她很可愛了。

「就跟你說不是了！」女孩撇起嘴不滿的朝著亞瑟比了個倒讚的手勢：「雖然……他是我男朋友沒錯，但是我覺得我好像……一直都沒有辦法像他愛我那樣愛他，只是我一直在騙自己而已。」

「是嗎？那既然妳不愛他，為什麼還要跟他在一起呢？」聽了女孩的話，亞瑟是真的發自內心感到好奇。

「因為我……不想要讓愛我的人擔心，」女孩說著聲音有點哽咽了：「這個世界上最愛我的人就是我的外婆……她總是說她會等我……等我成功、等我結婚、等我回家……。」

「可是……」儘管哽咽，但女孩並沒有哭，語尾顫抖的接著說：「我卻一直辜負她的等待，因為我以為只要我足夠努力，總有一天……也可以成為她的驕傲，讓她不用再那麼辛苦，讓她……不用一直等我。」

亞瑟就這樣靜靜坐著，聽著女孩一個人霹靂啪拉的說了好多話，從她小時候在什麼地方長大，到她來到這裡後，遇到了過去在同一個小鎮裡長大的小男孩。

她眨著一雙迷離的大眼睛對著他說，她覺得有勇氣承認自己的不同是一件很帥氣的事，她曾經仗著保護的名義傷害過一個與眾不同的男孩，她說她一直感到很後悔。

「也許這就是我的報應。」

最後，她這樣說：「我是一個一直活在後悔中的人，努力去愛著一個我不那麼愛的人，為了讓我愛的人開心……卻做了一堆沒有用的事。」

桌面上的蠟燭打亮了她帶著淺淺紅暈的笑臉，亞瑟卻突然感到一陣鼻酸。

突然有一股想要緊緊擁抱眼前這個女孩的衝動，當然這些他在事後通通都沒有告訴她。

女孩喝了酒之後話好像就會變得特別多，至少剛開始見到她的時候，他不認為她是個喜歡講話的人。

「雖然知道這樣很不負責任，但我還是瞞著男朋友一個人逃來這裡，我現在真的……特別不想看到他，我們是不可能會有未來的，你知道嗎？我常常覺得他一直在等我變成……變成他想像中那個乖巧的女生……可是那個不是我，那不是真正的我，我一直以為我不在乎，因為我這輩子唯一希望的事情，就是我外婆開心，其他的對我來說通通不重要……不管是要嫁給一個自己沒有那麼愛的人，還是放棄自己喜歡的事，我真的……都無所謂，只要可以讓我外婆過上更好的日子，我真的……真的什麼都願意做，真的。」

她是個很倔強的女孩，那是那天晚上的對談過程中，亞瑟意識到的其中一件事，另外一件是——他好像在這個女孩身上，看到了自己過去的影子。

曾經的他也是為了逃避，所以才選擇離開。

他們很像。

只是亞瑟覺得自己也許不如女孩來得堅強，因為離開之後，他從來就沒有打算回去。

「我這幾個月一直在想，或許我想逃離的人根本不是許萬豪，而是我自己……亞瑟，我想告訴你一個祕密，你願意聽嗎？」

亞瑟就這樣靜靜的坐在位子上，聽著女孩講了好多話。

「自從……」話說到一半，女孩突然又開始哽咽了，終於一顆晶瑩的淚珠從她秀長的眼尾滑落，也是在那一刻，亞瑟明白了讓她想要出逃的真正原因。

不管對誰來說，那樣的原因都太過殘忍了。

亞瑟淡淡的講述著那些被溫紫晴遺忘的記憶。

跳過最重要的部分，身旁的溫紫晴卻早已哭得泣不成聲。

亞瑟很清楚，那些告白需要從她口中親自說出，他無法替她完成，只能靜靜的守著她的眼淚，等她將心頭那塊化膿的傷一點一點的撕開，不是每一種傷口都是上了藥就能慢慢癒合，時間也並非永遠都是解藥，有些傷一但留下了，雖然可以隨著時間淡化，但瘡口卻會一直在。

而那些瘡一但在心裡擱置久了便會開始化膿、腐爛，等到不得不好好正視的時候，一顆心早已千瘡百孔、滿目瘡痍了。

「真的講出來後……就會好一點嗎？」溫紫晴的聲音顫抖，眼眶中的淚水依舊止不住的滑落：「我是說……即使知道一切根本一團糟，說出來後……也會好受一些嗎？」

就算亞瑟不特別提醒，溫紫晴也一直都很清楚，自己在逃避的到底是什麼。

甚至就連許萬豪都看出來了。

不久前，許萬豪傳來的訊息是這樣說的。

「小溫，把妳和我顛倒過來，不是我要的不是妳，而是妳要的不是我。」

「自從妳外婆過世以後，我就已經看得很清楚明白了，我們就大方的承認吧，妳並不是因為愛我才選擇跟我在一起的，妳一直都只為了妳外婆而活，不管是以前還是現在……。」

溫紫晴永遠記得接到消息的那一天，她的世界，便澈底崩塌了。

外婆獨自一個人孤零零的躺在冰冷的碎石地板上，整整五天才被路過的鄰居發現，而她卻是最後才知道這個消息的人。

就連最後一面也沒能見上……。

等到溫紫晴意識到自己好像在不知不覺間……不斷向著偏離軌道的方向前進時，一切卻都已經太遲了。

「妳不是說不會再去香菇寮裡工作了嗎？我現在已經開始賺錢了，妳就好好地待在家裡舒舒服服的嘛，幹嘛總是要讓自己那麼累。」她不只一次對著外婆這樣抱怨。

「妳在台北生活那麼辛苦，阿嬤袂當再給妳這樣添麻煩啦。而且齁，妳之後結婚很多地方都要花錢啊，阿嬤還要給妳準備嫁妝，不然齁，人家會給我們看不起啦，說這個阿嬤養大的小孩齁，沒有像人家一樣有爸爸媽媽疼愛。」

「哎呦，不會有人這樣說啦！」勾著外婆的手撒嬌，溫紫晴心裡卻十分著急：「妳這樣我一個人在台北怎麼會放心。」

「妳齁，就好好過妳的生活，不用給阿嬤擔心，阿嬤一個人在這裡過得多舒服對不對，而且台北生活費那麼貴，妳每次回來一趟又要花好多錢，這樣阿嬤會毋甘啦。」

從那時候開始，即使每天在公司加班到深夜，溫紫晴的目標也只有一個——讓外婆過上好日子。

她一定要讓外婆過上舒舒服服的生活。

於是，她沒日沒夜的加班，就只為了拼全勤、拼升遷，她要賺很多很多的錢，大學畢業後，溫紫晴最大的樂趣就是看著戶頭裡不斷往上增加的數字，她省吃儉用，只要想到以後可以讓外婆住進更好更舒服的房子，這些辛苦和犧牲對溫紫晴而言都不算什麼。

她將全身心投入工作，無心戀愛也沒空和身邊的朋友出去玩，甚至就連假日都在加班，外婆時常打來電話，很多時候她都是漏接的，直到工作告一段落拿出手機看到未接來電顯示，螢幕上顯示的時間往往都已是深夜。

有一次溫紫晴整整一個月都在忙著處理公司報帳的瑣碎文件、加班趕報表趕到飯也吃不下、覺也睡不著。外婆幾天內打來的幾通電話都被標上未接顯示，也許是知道她工作忙，外婆也就不再打電話了。

直到幾天後，溫紫晴收到一封語言破碎的簡訊：

「飯要吃，不邀太累，阿嬤等」

外婆不太識字，近幾年才開始學會用簡訊，看著那一行零碎的語句，溫紫晴的腦海裡頓時浮現外婆戴著老花眼鏡，一個人坐在客廳獨自對著小小一台手機刪刪打打的畫面，突然一陣鼻酸，也不知道是還沒打完要說的話就按下送出，還是外婆不想給她壓力，溫紫晴隱隱有這樣的感覺，自從她開始工作後，外婆便很少嚷著讓她回家了。

大學到台北念書時，溫紫晴搬離了生活十幾年的南投老家，那時候每年寒暑假收假的時候，她總會拖著行李箱依依不捨地走到大門前和外婆道別。

叮囑完「記得吃飯」、「不要著涼」、「沒錢要說」諸如此類的話，轉身離開前，外婆總是會補上一句：「要乖，好好照顧自己，阿嬤等妳回來。」

只是大學畢業投入職場後，外婆便不再這樣對著她說。

看到這行簡訊，溫紫晴才意識到，也許外婆依舊每天都在盼著自己拖著行李箱走進家門的瞬間，那行打到一半擱置了的「等妳回來」就算只剩下一個「等」字，她依然可以感受到字裡行間流洩出一股淡淡的落寞。

「阿嬤，妳再等我一下，我就快要存到頭期款了，到時候我會幫妳買一間冬天很暖活、夏天很涼快的房子，這間鐵皮屋就別住了。」

「不用啦，房子原本的就已經很好了啊，妳自己留著用啦，去買一台好一點的相機，妳不是很喜歡拍照片嗎，妳大學得獎的獎狀阿嬤還有留起來，碧如阿姨她們來家裡的時候，我都會跟她們炫耀。」

「那個都是多久以前的事了。」溫紫晴不滿的回應。

「妳把錢存起來，買一台好一點的相機，然後帶阿嬤出去玩，阿嬤就很開心了，阿嬤這輩子幾乎沒什麼看過海，一直很想去有漂亮大海的地方看看。」

那是外婆唯一對她提出的要求，溫紫晴答應了。

一回台北她就開始跑遍各大旅行社，聽同事說長灘島的海景很美，她便特別關注與長灘島有關的旅遊資訊。

那時候溫紫晴和許萬豪剛經歷過爭吵，兩人之間的氛圍持續了很長一段時間的尷尬，直到看到溫紫晴在張羅旅遊行程，許萬豪為了讓溫紫晴開心還特別請了特休。

「阿豪這次也會跟我們一起去嗎？」電話另一頭，外婆的聲音開心的就要掉出蜜來了，「真是太好了，阿嬤很高興。」

聽到外婆開心，溫紫晴自然也感到很滿足，她更努力的工作，只要想到外婆開心的笑顏，就讓她渾身充滿動力。

只是這份喜悅並沒有延續太久。

一個禮拜後許萬豪打來電話，說最近公司有一個新的產品在做上市準備，外界都很關注，而他剛好又是主要負責團隊裡的重要角色：「對不起，我真的很努力的跟主管說假了，可是這陣子公司的每個人都很忙，我是真的走不開。」

「我知道了，我會跟我外婆說，這次就我們兩個人去。」溫紫晴語氣平淡的回應道，畢竟她一直都知道許萬豪工作忙。

可是當外婆聽到這個消息的時候，卻難掩失望的對著溫紫晴說：「還是妳問問看阿豪有沒有什麼時間比較有空，不然阿嬤也不知道下次跟你們一起出去玩是什麼時候了，阿嬤不用出國也沒關係，只要可以跟妳還有阿豪一起阿嬤就很開心了。」

「可是妳上次不是也說長灘島看起來很漂亮的嗎？這次就我跟妳兩個人去好不好？拜託，我才是妳孫女欸，怎麼感覺妳只想跟阿豪去勒？」溫紫晴著急的對著電話一頭不滿的喊道。

「以後就會是一家人啊，等到以後妳跟阿豪結婚有了自己的家庭一定會更忙，阿嬤就更不可能跟你們一起出去了，而且到那個時候阿嬤可能也走不動了，妳跟阿豪說不用特別請假沒關係，找一個有空的假日……帶阿嬤到附近的海邊走走就好了，而且我看了一下，出國那個旅費好貴哩，阿嬤不忍心妳這樣花錢啦。」

「不會不會，不花錢啦，好不容易可以帶妳出國一次，就不要那麼任性了好不好？」

「三八啦，阿嬤可以看到妳過得開心就已經很滿足了，毋免黑白亂花錢啦。」

在那之後，外婆便再也沒有主動提起去海邊旅遊的事。

雖說許萬豪工作忙，但溫紫晴去年剛升組長，所以公司一樣有處理不完的事情等著她解決，一拖再拖，很快，三個月的時間就過去了。

直到溫紫晴接到那通從南投老家打來的電話。

「喂。」因為號碼很陌生，可是看到區域代碼，溫紫晴並沒有太多猶豫。
「小溫？妳是小溫嗎？」
溫紫晴認得這個聲音，是住在距離外婆家不遠的碧如阿姨。
「是，我是，請問怎麼了嗎？」
「哎呦，到底該怎麼辦，小溫妳先冷靜喔，我現在跟妳說的話，妳聽了不要太激動……」
碧如阿姨顫抖的聲音，讓溫紫晴不自覺的跟著緊張起來，頭皮傳來陣陣酸麻，伴隨著碧如阿姨語帶哽咽的沙啞嗓音，溫紫晴突然感到一陣頭暈目眩。
「妳阿嬤在浴室跌倒，被發現的時候已經救不回來了，妳最快什麼時候可以趕回來，殯儀館的人說妳阿嬤……狀況不太好，可能要加緊速度火化……。」
溫紫晴沒有哭。
不管是在返回南投老家的火車上，還是在外婆掛著燦爛笑容的遺照前，她甚至淡定的和每一個到場參與告別式的人一一道過感謝。
相較於老家街訪鄰居們激動哀愴地痛哭，溫紫晴平靜的就好像躺在冰冷棺木裡的不是她最愛的外婆，而是一個素未謀面的陌生人。
處理好外婆後事的一個禮拜，溫紫晴打包了所有在台北的行李，和公司提出辭呈，回到她和外婆共同生活了二十幾年的鐵皮小屋，蹲在外婆小小的房間裡，沒日沒夜地翻看著她留下來的遺物。

在一個小小的鐵盒裡，溫紫晴翻出許多自己過去的獎狀、一本相簿、一台老舊的數位相機，還有一張幾個月前自己拿給外婆看的長灘島旅遊傳單。

外婆用奇異筆把那片閃著白光的沙灘圈了起來，歪歪扭扭的在旁邊寫了一句大大的「漂亮」還不忘加上一個大大的驚嘆號。

盯著那兩個歪七扭八的字看了許久，溫紫晴突然感覺左邊胸口傳來一陣劇烈的疼痛，好像有什麼東西就這樣被硬生生地擰碎，然後在完好無傷的區塊，切出一道道又深又長的口子。

直到窗外透進一束清晨的白淨陽光，溫紫晴耐著不斷向自己襲來的窒息感，小心翼翼的翻開那本有些泛黃的相簿。

相簿裡並沒有收錄太多張相片，除了一張爸爸媽媽結婚時的結婚照，其餘的照片裡，主角通通都是溫紫晴。

外婆用歪歪扭扭的數字小心翼翼的在照片旁邊的欄位標上日期。

第一張照片是她脖子上掛了一台玩具相機，對著鏡頭開心比出耶的照片，那應該是剛轉學來南投時，在校園裡拍的，沒想到也被外婆小心保存起來了，日期下方還有一行歪七扭八的國字，有些凌亂的寫著「小小攝影師」。

然後是她小學畢業典禮的照片、國中畢業的照片，擺在鐵盒裡那台老舊數位相機，是國中畢業時外婆送給她的禮物，可是相機已經壞了，外婆並不知道，所以相冊裡很多張照片都是模糊的。

在唯一一張溫紫晴和外婆的合照旁，外婆特別註記著：「小溫攝影比賽第一名，實現夢想！」

溫紫晴才發現這些年自己逐漸淡忘的事，外婆卻始終幫她記著。耳畔又回想起外婆對她說的那句：「妳把錢存起來，買一台好一點的相機，然後帶阿嬤出去玩，阿嬤就很開心了。」

外婆一直以來都是把她的幸福放在第一順位，可是如今的她，卻把自己活得太過不幸了⋯⋯。

「等到我回過神來，才意識到我這些年究竟做了多少沒用的事⋯⋯我就只知道工作⋯⋯連她真正要的是什麼都不知道，就連她最需要我的時候也不在她身邊⋯⋯。」止不住的淚水不斷從眼眶滑落，溫紫晴沒有注意到坐在她身邊的亞瑟也緩緩落下淚來，她將整張臉緊緊埋入手掌中，顫抖的說：「我真的很差勁。」

亞瑟沒有說話，只是靜靜地將手搭在溫紫晴的肩上，溫柔的輕輕拍著。

「雖然我不認識妳外婆，但是聽妳說了那麼多她的事，我覺得她一定不會怪妳的。」

過了很久，亞瑟才在溫紫晴耳邊淡淡的落下這句話。

聞言，她緩緩抬起眼來，愣愣的看向亞瑟，微微輕啟的唇瓣顫了顫，眼前吹起的陣陣薄霧，讓她無法清楚辨別亞瑟臉上的表情：「你知道嗎？我一直不覺得她離開了，就好像……只要我不哭、不難過，她就會一直在。即使我人在長灘島……她也一定還在南投老家等我回來……就像過去那樣，她會……一直等我。」

最後一句話溫紫晴是在哭得上氣不接下氣的時候說的，但是亞瑟還是清楚聽見了，她說：「可是離我回去的時間越近，我就越感到害怕……害怕再也聽不見她對我說……說她會等我回家……。」

上氣不接下氣的把話說完，溫紫晴沒有意識到亞瑟搭在她肩上的手微微一使勁，將她整個人摟得更緊。

她泣不成聲的將頭抵在那帶了點鹹鹹海水味的胸膛，亞瑟的上衣早已濕透，只是沒有人能分得出沾染在上頭的，到底是溫紫晴的淚水還是他自己的。

「即使她不在了，妳一樣可以做得很好的。」

亞瑟低沉的聲音在溫紫晴耳邊來回震盪：「只是妳現在把她抓得太緊了，也許……是時候該放她離開，然後好好的……回到妳原本的生活。」

「那如果是你的話……你會怎麼做？」溫紫晴仰起頭來，有些嘶啞的問：「這次來到這裡遇到徐子權……讓我有一種回到過去，我們都還在南投老家生活的感覺，想到過去她總是會在飯桌前聽我還有徐子權說好多好多的話……她總是愛笑，她總說只要我們好好的……就是她這輩子最大的願望……。」

溫紫晴說著頓了頓，任由兩行淚筆直由雙頰墜落：「可是我過得不好……亞瑟……我真的過得不好……」

溫紫晴噘起嘴，委屈的整張臉全都皺到了一起：「我真的……不想放開她……我不想放她離開……我真的……真的很愛她……。」

守著溫紫晴的眼淚，亞瑟就只是靜靜的凝視著大海的方向。

亞瑟心想，如果不想放開一個人，那麼那個人就不會離開的話，他也很想知道正確的做法。

「走，我帶妳去一個地方。」

輕輕吐出這句話，亞瑟緩緩站起身，對著蜷縮在地的溫紫晴伸出手。

「要去哪？」疑惑的抬起眼來望向亞瑟，柔和夜色下那張好看的臉上透著一股淡淡的憂傷。

「跟我走，我們試試看是不是真的有辦法解套。」

愣愣握著亞瑟結實的臂膀，溫紫晴順著他使力的方向一蹬，一時沒站穩，整個人摔進亞瑟懷裡，而他並沒有作聲，只是穩穩接住了她。

亞瑟自然的牽著溫紫晴，往漂浮在海上的塑膠浮板上走。

跟著他一起走入夜色，溫紫晴卻一點也不覺得害怕，哭得太久眼前的景象連帶也跟著有些模糊了，她只知道亞瑟就這樣牽著她來到了一艘停泊在離沙灘最遠的小船旁。

「這是我的祕密基地。」

亞瑟回眸對著溫紫晴漾起一抹燦爛的笑，「歡迎光臨。」他說。

「這個時間可以開船嗎？」溫紫晴有些遲疑。

在她猶豫不決的同時，亞瑟已然跳上了船，一把攬住她的腰，一個使勁將她整個人抱上船，「我讓妳看個東西。」

在溫紫晴雙腳著地前，亞瑟呼出的氣息染上耳際，讓她沒忍住全身一顫，雙手搭著他的肩膀以一個極其靠近的距離仰頭望著他。

「抱歉。」不知道為什麼看到那雙透著琉璃般璀璨光澤的雙眸時，溫紫晴下意識的吐出這句話。

「沒事，不需要抱歉。」亞瑟淺淺勾了勾嘴角，拉著溫紫晴的手慢慢走到了船頭的位置，

「妳從這裡往外看，看見了什麼？」

微微傾身靠在船板上，亞瑟瞇著眼睛問，迎面而來的海風打在他和溫紫晴臉上，亞瑟用力吸了好大一口氣，而後笑著轉頭看向溫紫晴：「不知道是不是我的錯覺，我總覺得這裡的空氣聞起來特別新鮮。」

聞言，溫紫晴也效仿亞瑟緩緩闔上眼皮，默默的吸了一口氣。

「妳覺得呢？」亞瑟笑著問。

「我覺得是你的錯覺。」慢慢睜開眼，溫紫晴轉頭看向身邊一臉期待的亞瑟。

亞瑟笑了，扯著嘴角露出一排亮白的牙齒，笑得像個孩子一樣。

「不是錯覺，是想像力。」

亞瑟一面辯駁，一面繞到船頭最前方的位子坐下。

「在遇到妳之前，我很常一個人來到這裡看著大海發呆，這艘船可以看得最遠，能見度好一點的時候，我甚至可以望見對岸的景象。」

溫紫晴想起那天在沙灘上遇到徐子權和魏安莫時，亞瑟便是獨自一人面朝海的方向靜靜地坐著。

她沒有說話，緩緩走到亞瑟身旁的位子坐下。

「妳看！」亞瑟指著遠處幾盞微弱亮起的燈：「Stefano 的家就在那個區塊，還有那裡亮著燈的地方，我曾經因為太好奇了自己一個人開船去過。」

「那裡有什麼？」循著亞瑟手指的方向望去，溫紫晴好奇的問。

「什麼也沒有，就只是一個普通的住宅區。」

本以為會聽到什麼出乎意料的答案，沒想到卻是這樣普通的回答。

「我還以為有什麼好玩的事呢。」溫紫晴有些不滿的說道。

「很好玩啊，在我開船到那裡探險的過程中，我全程都是很興奮的狀態，好玩的從來就不是結果，是我想像它是什麼的過程。」亞瑟牽著嘴角，語帶笑意的說：「這是我轉換心情的方式，每當情緒陷得深的時候，就這樣靜靜看著遠方，想像別人生活的樣子，一開始總是很好奇的，但是當我真正深入的時候，就會有一種『啊！原來也不過是這樣啊。』的感覺，然後這樣的感覺就會回到我自己身上。」

溫紫晴疑惑的搖了搖頭，不解的問：「聽起來很酷，但是我無法理解。」

「在台灣生活的人一天吃三餐、在長灘島生活的人也是，大家跟彼此合得來的或合不來的人生活在一起，每天吵吵鬧鬧的時間也就這樣流逝了，即使妳回到台灣，而我依然留在長灘島，我們共享的時間卻是一樣的，我的一分鐘和妳的一分鐘都會流逝，只是在這一分鐘裡，我們經歷的會是可能相同又或可能不同的事，大概就是這個意思。」

亞瑟微微斜靠在椅背上，一派輕鬆的說。

「你知不知道，你有時候說話很難懂。」不帶任何責備，溫紫晴只是用無比平淡地語氣說出自己心裡的想法。

她連自己都顧不好了，哪有空去管別人的生活過得如何。

「小溫。」亞瑟輕喚了聲她的名字，溫紫晴愣愣地回過頭去淡淡的應了一聲。

「妳想去那裡看看嗎？」

沒想到亞瑟會這麼問，讓溫紫晴一時間感到有些錯愕：「可是那裡感覺什麼也沒有欸。」

「我倒是覺得那裡會有幾艘停在岸邊的船，還有……一幢很久沒有人住的陰森鬼屋。」亞瑟故作玄虛的說，只是溫紫晴並沒有被嚇到，只是無奈的白了他一眼，淡淡的吐了句：「怎麼可能。」

只是話才剛說完，就見亞瑟走向船舵，回頭笑著對她說了一句：「不相信的話，去看看不就知道了，沒帶妳搭到風帆船，我親自開船帶妳去看看。」

還沒來得及做好心理準備，小船已經緩緩啟動，亞瑟站得直挺挺的用幾乎快被馬達聲蓋過的聲音說：「我希望那裡會有賣芒果冰沙的攤位。」

聞言，溫紫晴笑了，她的笑聲伴隨著不斷拍打著船身的浪花一併被捲入馬達聲中。望著亞瑟掌舵的背影，她突然有一種好不真實的感覺，好像這一切真的就只是一場夢，卻又捨不得醒過來。

小船駛入黑夜，溫紫晴微微撇過頭去望向身後，距離出發的位置已經拉開了好大一段距離，白沙灘上三三兩兩的人影變得渺小，而海面上還有幾艘分不清楚是剛啟航還是準備停泊的船隻，在平靜的水面上激起一波又一波的浪花。

直到小船緩緩停下，亞瑟熟練的將船固定在岸邊，周圍的一切才又一次安靜下來。

「看來我們只是從一片沙灘，來到了另一片沙灘。」左右張望了一陣後，亞瑟笑著轉頭對著溫紫晴說。

「我就跟你說了吧，遠遠看過來的時候我就知道了，這裡什麼也不會有。」

扶著亞瑟的肩膀跳下船，溫紫晴語帶笑意的揶揄道。

「偷偷告訴你喔，其實這片沙灘上有一個只有我知道的祕密。」亞瑟率先在沙灘上印出一個腳印，然後邁開步伐往樹林的方向走。

「這裡連個人影也沒有。」藉著皎潔的月光，溫紫晴踉蹌的跟上亞瑟的腳步，隨著他一起走到一棵高聳入雲的棕櫚樹旁停下。

「妳看！」亞瑟指著遠方，柔聲說道：「從這裡望過去，是不是可以看到我們剛剛來的地方。」

循著他手指的方向望去，溫紫晴確實能看到那條長長的塑膠浮板，以及連接著浮板的綿長沙灘：「那裡看起來好熱鬧啊！」

「我們剛剛就是從那麼熱鬧的地方來的。」背靠著棕櫚樹默默地坐下，亞瑟仰起頭來望著溫紫晴：「這裡是我想看夜景的時候會一個人來的地方，基本上不會有人來，所以很安靜。」

「你看起來不太像是喜歡安靜的人。」溫紫晴笑著在亞瑟身旁的位子坐下，靜靜的和他一起望著眼前展開的景色，海水不斷拍打上沙灘，他們的小船就在浪花裡來回不斷的擺盪。

「我不是，但是……她是。」亞瑟淺淺一笑，微微側身，開始將棕櫚樹旁的細沙撥開。

「你在找什麼？」疑惑的看著他，溫紫晴不解地問道。

「我說好要讓妳看的東西就在這裡，這座島上並不是什麼也沒有。」

回應完溫紫晴的話，亞瑟又繼續往下深鑿，終於在那個微微凹陷的沙坑裡，透出一個精緻的木盒，將木盒從沙坑中取出，亞瑟笑著把它舉到溫紫晴眼前：「這是只有我一個人知道的祕密，我現在把它告訴妳。」

「這是什麼？藏寶盒嗎？」

看著那個木盒，溫紫晴有些不知所措，她沒想到在這棵平凡的棕櫚樹下，會藏著這樣的東西。

小心翼翼的把木盒打開，溫紫晴一眼便望見躺在木盒中，一條閃著淺紫色光澤的半透明玉墜。

「我曾經也跟妳一樣……。」望著那條項鍊，亞瑟微微牽了牽嘴角露出一抹逞強的笑，「我也曾經……把一個人抓得太緊了。」

望著亞瑟落寞的神情，溫紫晴心裡突然湧現一種很奇怪的情緒，左邊胸口微微抽痛著，隔了許久她才鼓起勇氣，仰起頭來在亞瑟耳畔用暗示的口吻說：「那個……看起來像是女生的……項鍊。」

聞言，亞瑟緩緩抬起眼，顫了顫嘴角，默默地點了點頭：「嗯……是我這輩子最愛的女人，可是最後她還是離開我了。」

溫紫晴不明白心裡漾起的苦澀究竟從何而來，她盡可能不讓亞瑟察覺她的異常，用平淡的語氣問道：「那個人是你的……前女友嗎？」

即使不特別追問，會這樣看重一個女孩留下來的項鍊，想必是用情至深。

雖然不想承認，但溫紫晴知道自己心裡很羨慕，她對亞瑟有好感，即使知道他們之間的差距太遠，但是跟他在一起的時候，她便難以自控的心跳加速，尤其是當他用那雙深邃燦爛的雙眸，深深地望向自己時。

從木盒的外觀看上去，應該已經有一段時間了，可以讓亞瑟惦記這麼久的女孩會是什麼樣的女孩呢？

溫紫晴忍不住在心裡納悶。

過了許久，亞瑟才小心翼翼的將掛墜放回小盒子裡，仰著頭往身後的棕櫚樹上靠。

「不是前女友……。」

伴隨著呼嘯的海風，亞瑟那句平淡的告白中，藏著無盡的憂傷。

「啊？」這聲疑惑聲中多少夾雜著些許愉悅，當然也有些鬆了口氣的成分在。

儘管下一秒溫紫晴便對自己的心態感到罪惡，畢竟從亞瑟的表情看來，至少不該是件值得慶幸的事。

在一陣很長的沉默之後，亞瑟的目光依舊停留在遠方那座燈火通明的小島上。

「是我媽。」他輕啟唇瓣，低沉的聲線夾帶著幾許沙啞。

「她在我高中的時候就去世了。」

「原來是這樣……。」面對亞瑟突如其來的坦白，溫紫晴一時間有些不知所措。

「沒關係，妳不用想著該怎麼安慰我，我已經走出來了。」亞瑟語帶笑意，搶在溫紫晴之前打破沉默：「只是當時的我……真的……很難接受，所以我也逃跑了，就跟妳一樣。」

望著那條保存良好的項鍊，溫紫晴偏著頭，疑惑的問：「所以為了盡量不去想起她，你才把這條項鍊埋在這裡嗎？」

「正好相反……」聞言，亞瑟淺淺的笑了：「我媽喜歡安靜的地方，我找遍了島上所有的沙灘，好不容易才找到了這。所以只要想她的時候，我就會望著這裡發呆，對我來說這座沙灘並不是什麼也沒有……至少我知道，我把我和我媽的回憶通通都藏在這兒了。」

「為什麼偏偏是這裡呢？」溫紫晴不明白，世界上明明有那麼多地方，為什麼偏偏要把項鍊藏在一座難以到達的島，甚至還是一座無人的沙灘。

「我在很多地方都藏了我跟我媽的回憶，只是在我第一次踏上長灘島，一眼望見這片白金色的沙灘，我就知道我媽一定會喜歡這裡。」亞瑟說著微微一聳肩，輕輕的笑了一下：「記得小時候，我媽唯一一次帶著我搭火車出去玩，就是去了家裡附近一個沒有什麼人的海邊，她牽著我的手赤腳踩在沙灘上，沿著海岸線走了好遠好遠，那是我第一次見到我媽笑得那麼開心，我媽平常生活的世界太吵了，所以更喜歡安靜，她本來就是個不太愛說話的人。」

「所以你之所以會離開家……開始在世界各地流浪，也是因為你媽的關係嗎？」

「可能有一部分是吧……。」亞瑟頓了頓，淡淡的說，「畢竟那也是很久之前的事了，我消沉了好長一段時間，然後在我最難過的時候，在雅加達的某個市集裡弄丟了一塊我媽留給我的玉石，著急地找了一整天，卻一無所獲，我累的坐在市集邊的矮牆上休息，愣愣的往市集的方向看去，卻突然有一種我媽好像隨時都會從市集裡走出來的感覺，猛然間，心裡好像有些什麼就這樣慢慢剝落了……我到今天也無法準確說出那到底是什麼樣的感覺。」

亞瑟將頭枕在身後的樹幹上悠悠的回憶著：「大學畢業後我開始當導遊，然後漸漸染上一個習慣……就是帶著我媽生前留下來的玉石到世界的各個角落，我會尋找當地最安靜的地方，然後把它留在那裡，感覺這樣就好像所有地方都有她的足跡，也因為這樣……我開始了自己喜歡的生活，想念她的時候……腦海裡便會浮現自己藏匿玉石的地點，就會有一種，啊！我媽只是去了一趟環遊世界的旅行而已……就連到現在，我都不覺得她已經離開了……。」

「因為她好像一直都在。」最後這句亞瑟說得很輕，卻讓溫紫晴沒忍住鼻頭一酸，眼淚又一次從眼眶中湧了出來。

與亞瑟併著肩，溫紫晴可以感受到從他身上傳來的體溫，還有微微起伏的氣息。有好一陣子，他們誰也沒有說話，就只是沉默的感受著海風吹撫棕櫚葉時發出的沙沙聲響。

時間在兩人靜默無語的縫隙裡流逝著，回想起剛到島上的第二天，她第一次見到渾身散發著陽光氣息的亞瑟，那時候的溫紫晴還不知道幾個禮拜後，他們會成為即使並著肩相對無語，卻依然感到安心自在的旅伴。

「時間真的過得好快啊。」

仰起頭來，愣愣望著今晚的月色，溫紫晴吶吶的感嘆道。

沒有回應她的話，亞瑟只是輕輕晃了晃腦袋，然後微微將臉轉向她。

「妳什麼時候回去？」

「再……三天後。」偏著頭，溫紫晴沒有注意到亞瑟又往她的方向挪近了些。

「是嗎。妳也來了快一個月了呢。真不想妳走。」

耳根染上的氣息讓溫紫晴忍不住渾身一顫，微微撇過頭去，亞瑟的瀏海撓上她的額頭，在這樣極度貼近的距離下，亞瑟又一次開口：「一切都會好起來的，小溫。」

在那個瞬間，溫紫晴突然有一股想要仰頭親吻他的衝動，她可以準確感受到亞瑟說話時染上鼻尖的熱氣，還有喉結滾動時發出的聲音。

朦朧夜色下，那雙烏黑深邃的眸子裡藏著的憂鬱似乎又更深了，溫紫晴有一種很奇妙的感覺，從一開始認識亞瑟的時候她便有所察覺，亞瑟身上有股跟自己很相似的氛圍……。

也許是經歷過相同的傷，又或選擇了同樣的方式出逃，具體的那些溫紫晴短時間內還無法搞明白。

「這條項鍊……送給妳吧。」

沒有預料到亞瑟會這樣說，望著他舉至眼前的玉石項鍊，溫紫晴有些錯愕。

「這……不好吧。畢竟是你媽留給你的。」

「沒事，如果是妳的話，我相信我媽不會在意。」亞瑟臉上浮現出一抹淺淺的笑意。

「可是這樣……真的沒關係嗎……？」

沒有回應溫紫晴的疑惑，亞瑟緩緩將手繞到溫紫晴身後：「我幫妳戴上。」

「可是……這樣之後你想念你媽的時候，該怎麼辦呢？」儘管覺得不妥，但亞瑟似乎很堅持，所以溫紫晴還是配合的撩起頭髮，讓亞瑟將那條好看的項鍊掛在自己脖子上。

「那我只要時常想起妳就好。」

亞瑟低沉的嗓音彷彿綴上一抹溫柔的月色，「我知道妳會替我好好保管它的。」他說。

溫紫晴不再拒絕，她愣愣望著亞瑟替她扣上扣環的側臉，此刻，她是真的很想緊緊擁抱他。

沒有察覺她的心思，亞瑟又一次退回原位，微微仰起頭來淡淡的說：「我媽給我這條項鍊的時候告訴我……紫色的玉髓象徵幸福。」

海風輕輕撫過亞瑟俊朗的側臉，那雙深褐色的眼眸在柔和的月色下閃爍著淺淺的光，頓了頓，亞瑟將臉轉向溫紫晴的方向，在接上她目光的那一刻，一臉真摯的說：「小溫，我希望妳可以幸福，相信我，一切……都會好起來。」

愣愣望著亞瑟臉上浮現的笑，她彷彿又一次在那雙琉璃般的眼眸中望見了自己的倒影，溫紫晴很想搞清楚在亞瑟眼中的自己究竟是什麼模樣，可那雙眸子終究還是太深了，除了她一臉狼狽的抬頭仰望之外，再也看不見其他。

伸手摸了摸胸口那塊不規則的玉石，溫紫晴用力吸了一大口氣，猛地將手機從口袋中抽出，丟進亞瑟剛才在沙灘上挖出來的坑洞裡。

「妳在做什麼？」

見到她的舉動，亞瑟似乎嚇了一跳，不解的望著往坑洞裡填沙的溫紫晴。

「這是重新開始的第一步，反正我早就想這麼做了。」溫紫晴不斷往坑洞裡堆沙，語氣堅定的說：「既然現在還能賦予它這樣的意義，就更不應該錯過。」

很奇怪，當看著那台金色手機漸漸消逝在細沙之中，溫紫晴烏雲籠罩的心，頓時好像也有一塊淡淡的情緒悄然地剝落。

「即使我把項鍊帶走了，這裡也依舊不是一片什麼也沒有的沙灘。」拍了拍手掌上的沙，溫紫晴衝著亞瑟調皮的笑了一下，用氣音小聲的對著亞瑟說道：「因為現在藏了我的手機。」

見到她的反應，亞瑟也跟著開心的笑了。

「在妳離開前，找時間替我拍張照吧。」緩緩站起身，亞瑟燦爛的對著身後的溫紫晴扯了扯嘴角。

「希望即使回到了台灣，妳也能繼續做自己喜歡的事情。」他說，語氣依舊溫柔，也依舊讓溫紫晴一顆心怦然地跳著。

終於她再也忍不住，猛的站起身來，踮起腳尖一把抱住亞瑟。

「謝謝你。」

雙手緊緊圈住亞瑟的肩膀，溫紫晴淡淡的吐出這一句。

其實她心裡還有很多話想對他說，只是在那個當下，那些情緒通通濃縮成了一句短短的「謝謝」。

能夠來到這裡遇見亞瑟，她心裡是無比感激的，她感謝亞瑟總是在她最徬徨無助的時候出現在那片閃著白金色光芒的沙灘上，也很謝謝他，一直默默的……用自己的方式陪著她療傷。

溫紫晴很確定，即使回到南投老家，和亞瑟一起在這座夢幻小島上經歷的一切，她一輩子也不會忘記。

第五章
來自遠方的消息

「你自然一點！就照平常那樣就可以了。」溫紫晴不知道這句話自己究竟說了多少次，只知道每每當她舉起相機對著芒果冰沙攤位後方的男子按下快門時，他就會擺出一個極度不自然的表情。

「我等一下就要去搭船了喔！你還不趕快好好把握機會。」

三天的時間很快便過去了，這幾天亞瑟如約帶著她搭了來長灘島一定要嘗試一次的風帆船，迎著風不斷往橘紅色的夕陽靠近，直到眼前的暖陽緩緩落入海平面。

「一天又這樣結束了。」看到陽光消逝的那一瞬，溫紫晴心裡頓時漾起一股難以消散的惆悵，「明天，就要回家了呢。」

確實有點捨不得。

擺脫了手機，溫紫晴和亞瑟耗在一起的時間更長，舉著相機在沙灘上徘徊的時間也更多了，亞瑟說什麼也要溫紫晴拍下他在芒果冰沙的攤位認真工作的樣子。

「這樣以後如果妳參加攝影比賽得獎了！我認真工作的樣子就能在全世界流傳了。」亞瑟調皮的笑著對著溫紫晴說。

所以為了拍出讓他的俊臉可以永世流傳的曠世巨作，溫紫晴才會在要回台灣的當天一早，背著相機匆匆來到芒果冰沙的攤位前尋找亞瑟。

「我想到妳等一下就要走了，就覺得好捨不得喔。」在溫紫晴忙著調整角度的時候，亞瑟嘟著嘴依依不捨的望向鏡頭。

就在那個瞬間，溫紫晴下意識的按下快門，亞瑟望著鏡頭的眼神帶著一抹讓人捉摸不透的笑意，嘴角因為還在說話的緣故微微嘟起，和手上握著的金黃芒果並列在一起看，不知情的人也許還會以為亞瑟是種植芒果的果農，正在和鏡頭背後的人炫耀自己豐碩的成果。

「好看是好看，但是跟我想要的那種形象好像還是有一點落差。」捧著溫紫晴的相機，亞瑟說完還不忘稱讚溫紫晴：「妳是怎麼知道我右臉比較好看的！真不愧是專業攝影師。」

聞言溫紫晴噗哧一聲笑了出聲：「這應該只是巧合吧。」

雖然她心裡覺得亞瑟不管怎麼拍都會是好看的，畢竟他本身就長得好看，只是亞瑟自己似乎從來就沒有意識到這一點。

結束了亞瑟的拍攝，溫紫晴也替這陣子在島上特別照顧自己的攤販、船員們一起拍了幾張照片，而後亞瑟不知道從哪裡弄來了一台拍立得，氣喘吁吁的舉到溫紫晴面前：「我跟朋友借了這個，我們找人也幫我們拍幾張合照吧！」

背對著大海，溫紫晴感覺亞瑟緩緩將手放上她的肩，只是肩頭染上的溫度很快便隨著快門落下的聲音，一併宣告了這趟旅程的結束。

前往機場的路上，即使有會說中文的隨行導遊相伴，亞瑟還是執意要送溫紫晴一程。

「妳現在身上沒有手機，又是在人生地不熟的地方，我還是看著妳上了飛機會比較安心。」船隻開往卡蒂克蘭碼頭的航程中，亞瑟這樣對著溫紫晴說。

「我看你是捨不得我走吧。」溫紫晴半開玩笑的對著身旁站得直挺挺的亞瑟揶揄道。

老實說，在接下來的時間裡，她都想一直這樣望著他，一刻也不想把目光從亞瑟身上移開。

「我們之後還有機會再見面嗎？」

不知道是馬達發動的聲音太大，還是溫紫晴的聲音太小，又或者對於這個問題亞瑟真的不知道該怎麼回答，直到船隻抵達碼頭，亞瑟始終沒有給予溫紫晴任何答案。

溫紫晴好幾次將手伸進防風外套的口袋裡，來回摩挲著那張亞瑟交給她的拍立得照片，上頭似乎還染著些許亞瑟手心的餘溫。

回程不如來時漫長，遊覽車很快就在機場旁的空地停下，當那座鐵皮外觀的機場再次映入眼簾，溫紫晴的心裡又一次漾起一股難以言喻的苦澀。

「你等一下要怎麼回去？」距離分別的時間越近，能對亞瑟說的似乎也只剩這些平凡的日常。

「跟我們來到這裡的方式一樣啊。」亞瑟一派輕鬆的回答，臉上依舊掛著那抹燦爛的笑。

其實溫紫晴很希望亞瑟可以多表現出一點臨別時該有的不捨，其實她一整路都有些坐立不安，腦海中閃過許多想對亞瑟說的話，可就連最後真正站到了機場入口，她還是一句也說不出。

「我走了，回去的路上小心。」

站在入口的階梯上，溫紫晴平視著亞瑟那雙迷人的眼睛，語氣裡透著些許不捨，可她還是很努力強迫自己掛上一抹大大的微笑。

「妳也是！祝妳回到老家後可以實現自己的夢想，我會很期待看到自己出現在雜誌封面的那一天。」亞瑟勾起嘴角，調皮的對著溫紫晴眨了眨眼睛。

「嗯，謝謝你還特地陪我跑了這一趟。」用這樣平凡的告別取代「我會很想念你」，溫紫晴在離去前牽強的勾了勾嘴角，而後才依依不捨的轉身步入機場大廳。

「小溫，等一下！」

幾乎是在亞瑟喊出第一個字的時候，溫紫晴就急忙回過身了。

就在她回過頭的那一瞬，一雙強而有力的手將她硬生攬入懷中，靠在亞瑟懷裡，她好似又一次聞到了那股鹹鹹的海水味道。

「好好照顧自己。」

亞瑟在她耳畔輕輕落下這句話，低沉的嗓音微微顫抖著，頃刻間，眼前吹起的陣陣薄霧，讓溫紫晴下意識的別過頭。

不可以哭。

她在心裡對著自己說。而後仰起頭來，對著亞瑟擠出一抹甜美的笑，故作鎮靜地說：「我會的。你也要好好照顧自己，出海的時候要小心，不要太常一個人坐在海邊吹風，晚上天氣涼很容易感冒。」

聽了她的話，亞瑟默不做聲的點了點頭，緩緩放開她，從褲子口袋掏出一封折的整齊的信：「這個給妳。」

接過紙條，溫紫晴疑惑的問了句：「這是什麼？」正準備打開，卻被亞瑟給制止了。

「等我離開後再打開，就當是送給妳的臨別禮物。」亞瑟說著，靦腆的笑了。

「好，我知道了，那我先收起來，等等再看。」聽話的點了點頭，溫紫晴小心翼翼的將信紙收進口袋。

亞瑟的嘴角輕輕地顫了顫，又一次彎成好看的形狀，朝著溫紫晴不捨地擺了擺手：「那這一次就……真的要說再見了。」

「嗯，再見，真的……很謝謝你。」溫紫晴的目光一刻也捨不得從亞瑟身上移開，苦笑著說。

希望我們真的還可以再見。

這句話，她沒有勇氣說出口。

「我看著妳進去吧！大家應該都在裡面等了。」亞瑟擺了擺手示意溫紫晴趕緊跟上其他團員的腳步。

最後一次跟彼此道別，溫紫晴終於下定決心依依不捨的別過頭去，在走進機場大廳前她最後一次回過頭，鼓起勇氣朝著亞瑟的方向喊道：「我會等你……。」

「如果有一天……你打算回家看看，我會等你。」

沒來得及看清亞瑟臉上的表情，溫紫晴放下在空中揮舞的手，拖著行李快步走進機場。

就這樣結束了為期一個月的旅行，溫紫晴突然覺得好不真實。

回程的飛機上，她不只一次回想起這段期間和亞瑟在島上共度的時光。

現在這個時間，亞瑟應該已經回到白沙灘了吧，聽著傳入耳畔的降落廣播，溫紫晴往窗外望去，棋盤狀的城市光景映入眼簾，高速公路上行駛的車子遠遠看著就彷彿玩具店裡陳設的模型，她下意識地摸了摸掛在胸前的玉石，好像突然有些理解亞瑟那天對自己所說的話。

那些無法自拔的、過不去的坎兒，就像一棟沒有出口的房子，被困在裡面的人因為看不到外面的世界，就會把心裡的情緒無限放大，她曾經因為太想給予別人幸福，而忘了先讓自己幸福，忘了有人一直在等她，這些年溫紫晴把自己牢牢的關了起來，忘了該適時走出小房子外看一看。

站在距離小房子越遠的地方往回望去，那些過不去的坎兒可能還是會在，但也許會變小，角度也會變得不一樣。

所有會發生的事情，其實都沒有標準答案，就跟一段旅行一樣。

在亞瑟給她的那張紙條上，畫了一幅細膩的素描畫，畫面中是她的背影，蹲坐在那片一望無際的白色沙灘上等待著夕陽，亞瑟一筆一畫描繪出她垂墜在肩上的長髮、手上的相機，還有那顆即將墜入海平面，只剩下半張臉的夕陽。

圖畫下方還有一段文字，亞瑟用工整端正的字跡寫道：

給親愛的小溫，

一個人旅行的途中，會遇上很多各式各樣的人，幸運的話我們能夠一起走上一程，然後分別，再次變回一個人，可是只要旅行還在繼續，就有可能再去遇上另外一些人……

就這樣不斷的相遇，最後總有一天，短暫共享這一年春天的我們，還有機會在世界的某個角落重新相遇吧。

流暢的文筆，和那幅精緻的素描畫，讓溫紫晴看著情緒激動，差點就要落下淚來，如果這趟旅程沒有遇到亞瑟，她應該沒辦法像現在這樣，平靜的坐在機艙內凝視著窗外的景色發呆吧。

亞瑟確實給了她勇氣，也在她情緒最低落的時候，給予她最真心的祝福。

溫紫晴發自內心的相信著，也許這趟旅程的目的，就是為了遇見亞瑟，他是替她在小房子外裝上窗戶的人，至於要怎麼走出來，還是必須得靠她自己。

打開南投老家的大門，溫紫晴輕聲喚了一句：「阿嬤我回來了。」

然後拖著行李箱，跪坐在外婆那張漾著溫暖笑臉的遺照面前，撕心裂肺的大哭了一場，流下眼淚的剎那，溫紫晴便在心裡接受了她的離開。

「謝謝妳愛了我這麼久，也等了我這麼久。」這是她最想告訴外婆的話，還有那句「對不起」她思考了許久後，還是決定替換成「我愛妳」。

「是真的很愛妳。」

在這近三十年的時間裡，是外婆的愛陪著她長大，她不確定外婆是否也有在這段不長也不短的歲月中感受過她的愛。

但她非常清楚自己是真的很愛很愛她。

跪在外婆的靈堂前，溫紫晴對著她說了好多話，也把這一個月在長灘島遇到徐子權還有亞瑟的事情通通告訴了她。

「阿嬤，小權很好的長大了，時間過得好快喔，他都已經大學畢業要去美國讀書了！」

「阿嬤……我跟阿豪分手了，是我單方面提的，妳應該不會怪我吧？雖然對阿豪很不公平……但是如果再繼續拖下去，對我們兩個人都不太好，所以最後我才做了這樣的決定，但是這兩年的時間我是真的很感謝他，謝謝他的照顧，也謝謝他願意愛上這樣的我……」

「阿嬤，我在長灘島上遇到了一個很聰明的男生，他的名字叫做亞瑟，名字很特別吧……他會講很多國家的語言喔！是個很厲害的語言天才，會開船、會做菜還很會逗人開心，跟他在一起的時候每一刻都很有趣，他還說我很有攝影天分，一直吵著要我替他拍照……」

唯獨談到亞瑟時，溫紫晴用了特別多的篇幅。

接下來有很長一段時間，溫紫晴都待在南投老家，她偶爾會背著相機到外婆工作的香菇寮走走看看，一邊拍照，一邊陪著從小看著她長大的鄰居閒聊。

「小溫，之後就打算留在這裡不走了嗎？」碧如阿姨是外婆在世時最常到溫紫晴家作客的鄰居，也是外婆的忘年之交，從以前就非常疼愛溫紫晴。

「我還在考慮，但最近想先留在老家休息一陣子。」面對這樣的問題，溫紫晴總是給予同樣制式化的答覆。

「休息一下也好，不然妳們這些小孩一忙起來不要命，自從妳上大學之後，要見妳一面都很難呢。」

偶爾溫紫晴也會在鄰居叔叔阿姨們的盛情邀約下到對方家裡吃晚餐。他們會笑著和她聊起許多與外婆有關的事，即使聊著聊著偶爾也會落下眼淚來，但大部分的時間，大家都是笑著的。

溫紫晴覺得這樣很好，感覺就好像外婆一直都還在自己身邊一樣，大家時常會想起她來，而她也一樣。

夜深人靜的時候，溫紫晴會把自己在外頭走了一整天的相片檔案放到電腦裡調色，在長灘島拍攝的照片她大致上都整理的差不多了，就差亞瑟在芒果冰沙的攤位對著鏡頭癟嘴那張，溫紫晴思考了許久，還是決定讓它保持原樣，不做額外的修補。

幾天前，徐子權從加州寄來了一張明信片，時間過得很快，他在美國已經生活了三個多月，明信片上大致交代了自己現在的生活，還有想念溫紫晴和外婆的心情，其中還有一段讓溫紫晴感到特別開心的內容：

「到了加州後，我每天都過得很充實，在這裡遇到的人大部分都很好，我們班上有個加拿大華裔，名字叫做Andy，他是我的鄰居也是我現在的男朋友，現在的每一天我都過得很幸福，希望在台灣的妳也一樣。期待下次見面，我很想妳，也很想念外婆。」

將徐子權寄來的明信片小心翼翼的收進外婆堆放珍寶的那個小鐵盒，溫紫晴的目光又一次被亞瑟送給自己的素描畫給吸引，失神的再次將信紙拿起來端詳。

換了新手機後，溫紫晴幾乎遺失了所有聯絡人資訊，這是當時將手機埋進長灘島那座無人沙灘時的她沒有預想到的事，因為沒了聯絡方式，和亞瑟基本上也算是斷聯了。

現在唯一可以想念他的方式，就只剩下那條紫色的玉石項鍊，以及這封素描信而已。

盯著那張信紙看了許久，溫紫晴落寞的將信紙重新折回亞瑟一開始遞給自己時的形狀，可是無奈卻怎麼樣也折不好，就在她快要放棄時，卻發現在那封信的背後有一行小小的字，如果不仔細看的話，基本上很難察覺。

溫紫晴疑惑的將那行小字擺到眼前一看，發現那是一串位在高雄市的地址。

將地址輸入於谷歌地圖中，螢幕上出現了一棟褪了色的石灰色老舊公寓。

「這裡是哪裡呢？」溫紫晴百思不得其解，本來想著應該是亞瑟誤拿了某張已經使用過的白紙給自己寫信，可是事後卻越想越不對勁。

亞瑟在那麼多個國家待過，怎麼就這麼剛好給了自己一張寫有高雄地址的信？

不管再怎麼想，都感覺事情沒有想像中來得簡單。

因為實在太過好奇，沒有太多的猶豫，溫紫晴隔天一早便訂好前往高雄的火車票，決定親自到那個地方看看，心想興許還能因此找到聯絡上亞瑟的方法也說不定。

搭著火車南下，這一次反常的沒有搭乘北上的列車，仔細想想除了台北、新竹、南投以外，溫紫晴幾乎不會到這些城市以外的地方。

選了一個靠窗的位子，溫紫晴一整路都趴在窗邊看著外頭經過的景色發呆，窗外的風景從寬闊的田野、溪流、工廠、平房、農舍再到高樓林立的商圈，溫紫晴很少一個人搭火車搭那麼遠，也很少注意到原來沿著火車行經的途中，窗外的景致會這麼美。

真想讓亞瑟也看一看，她忍不住在心裡這樣想。

火車進站的時候，已經是中午了，亞瑟給的那串地址並不是位於高雄市中心，溫紫晴輾轉換了兩趟客運，好不容易才在一處工廠附近的住宅區，找到那幢在谷歌地圖上看過的老舊公寓。

「是在二樓嗎？」

走到電鈴前，溫紫晴心裡感到有些緊張，但是最後還是鼓起勇氣，用力地按下寫有二樓字樣的按鈕。

對講機傳出的嘟嘟聲響了好長一段時間，期間，溫紫晴不斷反覆在心裡練習假若對方接起來，自己開口的第一句話該說些什麼才不會顯得唐突。

沒想到對方卻連應也沒應一聲，於溫紫晴面前那扇生滿鐵鏽的大門，就這樣毫無預警的「碰」了一聲，用力的彈了開來。

緩緩推開大門，一陣濃濃的霉味撲鼻而來，望著眼前展開的老舊階梯，溫紫晴心裡其實有點猶豫。

如果對方是奇怪的人該怎麼辦？諸如此類的想法，在短短幾分鐘內於溫紫晴的腦海中盤旋，最終她還是決定相信亞瑟一次，推開大門，朝著階梯的方向往上走。

走到二樓後，映入眼簾的是一扇掉了漆的深紅色大門，門上還貼了一張殘破的春聯，看起來應該有好長一段時間沒有更新了。

正當溫紫晴站在大門前猶豫不決的同時，紅色的大門被唐突的打開，一個年紀約莫七十多歲的老婦人出現眼前。

見到溫紫晴時，老婦人臉上閃過一抹疑惑的表情，然後很快漾起一抹大大的笑容對著她說：「妳是樓上剛搬來的小姐嗎？哎呦，長得好漂亮的一個小姑娘。」

與實際年紀不同，婦人說話時的語氣充滿朝氣，看起來很有精神的樣子。

知道對方認錯了，溫紫晴趕緊擺了擺手解釋道：「不是不是，嗯……不好意思，請問這裡……是亞瑟的家嗎？」

當她說出亞瑟這個名字時，明顯感覺到對方眼神裡的狐疑，果然，老婦人偏著頭又複誦了一次溫紫晴的話：「亞瑟？這裡沒有人叫這個名字欸，我已經一個人住很久了。」

老婦人很努力的用不是很標準的台灣國語和溫紫晴解釋道：「妹妹，妳是不是找錯地方了？我看妳的樣子不太像本地人？」

「嗯……。」一時間也不知道該從哪裡和老婦人解釋現在的情況，腦海中卻突然浮現那天和小碧在美式餐廳時，小碧對自己說的關於亞瑟的事。

「周亞瑟！」

抱著姑且一試的心態，溫紫晴激動的朝著老婦人說道：「請問您的孫子是不是叫做周亞瑟。」

也許是老婦人笑起來的樣子，確實和亞瑟看著有些相似，溫紫晴才會如此有把握的問出這一句。

沒想到聽了她的話，老婦人還是有點遲疑，愣愣地說：「我丈夫是姓周沒錯，我也有一個孫子，但是他不是叫這個名字欸，我孫子的名字叫周威仁，不知道是不是妳要找的人？」

「周威仁？」

溫紫晴偏著頭複誦了一次，對啊，她怎麼就沒有想過亞瑟的本名也許根本就不是亞瑟呢？雖然以前工作的時候，是真的有遇過本名叫做亞瑟的客戶，但是畢竟這樣洋氣的名字還是佔少數。

「妹妹啊，如果妳是要找我們家威仁的話，他已經不住在這裡很久了，就連我現在都不太知道他人在哪裡。」老婦人臉上露出一抹落寞的神情，但還是很溫柔的對著溫紫晴說：「不好意思齁，讓妳白跑了一趟，反正阿嬤現在也沒什麼事，如果妳不嫌棄的話要不要進來坐一下，剛好今天早上在市場賣的粽子還有剩下一點，不嫌棄的話，進來坐一坐休息一下也好。」

面對老婦人的邀約，溫紫晴並沒有婉拒，因為她很確定老婦人口中的孫子應該就是亞瑟沒錯。

小心翼翼地踏入陰暗的屋內，溫紫晴吶吶的對著老婦人說了一句：「不好意思，給您添麻煩了。」

「不麻煩不麻煩啦，嘿嘿拍謝齁，家裡有點亂，阿嬤稍微整理一下，妳先在客廳坐，阿嬤去準備飲料。」老婦人說著，一面打開了家裡的電燈。

屋內的空間並不是很擁擠，只是堆放了很多紙箱、玻璃瓶，空氣裡到處都飄散著一股潮濕的氣味，還混雜著複雜的醬料味。

從屋內的擺設、燈光看來，老婦人平常自己一個人在家時，應該過得很節省，就連過期的報紙，都在客廳不起眼的一角，堆成一座高高的小山。

溫紫晴起先十分恭敬的併著腿，在客廳的長排藤椅上直挺挺的坐著，但是隨著老婦人在廚房的時間越長，她就越是坐立難安，加上不斷聽到鍋碗碰撞的聲音，讓她有些不自在地站起身來，緩緩移動到廚房邊，戰戰兢兢的望著鍋爐前忙碌的背影。

正準備開口，老婦人卻搶先發現了站在門口的她，回過頭來靦腆的笑了一下。

「妹妹拍謝齁，再等阿嬤一下，啊妳吃過飯了沒有？」

「剛剛在火車上稍微吃過了，阿嬤妳真的不用那麼麻煩啦！這樣我會很不好意思的。」

「不會不會，妳願意進來坐坐阿嬤就很開心了。」老婦人一邊說著，一邊朝溫紫晴擺了擺手：「我看天也快要黑了，不然這樣啦妹妹，妳就留下來跟阿嬤一起吃晚餐，我看妳的年紀齁，應該也跟我孫子差不多大，妳留下來陪阿嬤吃飯，阿嬤包得粽子很好吃喔，我在這裡附近的市場擺攤五十幾年了啦，妳可以去問問看大家有沒有吃過阿梅阿嬤的粽子，大家一定都會跟妳說很好吃啦。」

因為實在拗不過老婦人，加上溫紫晴從早便開始趕車，除了一杯拿鐵和一個簡便的餐包以外，一整天下來確實還沒有吃上一頓像樣的餐點，廚房裡飄出的陣陣飯菜香，也讓她的肚子開始餓了起來。

雖然有釋出想要幫忙的意願，但是卻被老婦人一口回絕，溫紫晴只好乖乖回到客廳等候。

在走回那張長排藤椅的路上，經過擺放在電視櫃旁的老舊木製櫥窗，好奇地走過去一瞥，卻發現櫥窗內擺了幾個看上去有些老舊的相框。

其中一張看上去應該是老婦人結婚時的照片，還有另外一張，是一個膚色黝黑但是一雙眼睛炯炯有神的小男孩，小男孩背著卡通圖樣的小書包，回過頭對著鏡頭笑得異常燦爛，在照片旁還有幾張泛黃的獎狀，上頭寫有「周威仁」三個字。

「哇，全校第一名。」望著獎狀上的字樣，溫紫晴沒忍住摀住嘴。

「那個是我孫子唸小學的時候拍的，我們家威仁從小就長得很聰明，尤其是那雙眼睛，我在他很小的時候就知道他是讀書的料。」

老婦人端著一個堆滿粽子的盤子從溫紫晴身後經過，也許是見到溫紫晴正在看著櫥窗裡的照片發呆，出聲親切的解釋道。

即使沒有親口向老婦人確認她口中的孫子就是自己認識的亞瑟，溫紫晴也能從那張照片裡看出，那個長了一雙燦爛雙眸的小男孩確實就是亞瑟沒錯。
「來，快過來這裡坐。」
不過眨眼的時間，餐桌上已經擺放了滿滿一桌的菜。
不敢讓老婦人等太久，溫紫晴迅速地走到餐桌邊坐下。
「這個粽子是我今天早上包的，還有這鍋玉米排骨湯是隔壁擺攤的朋友給我的，還有蝦子、清蒸鱈魚跟一些家常菜，不要客氣，趁熱吃。」
老婦人興奮的對著溫紫晴一一介紹桌上的飯菜，也許是眼前一鍋排骨湯冒出的蒸氣距離自己太近了，在看到滿滿一桌家常菜時，溫紫晴突然感覺眼前一陣朦朧。
上一次坐在餐桌前吃外婆煮的晚餐是什麼時候的事呢？
溫紫晴確實有些記不清了。
別過頭去迅速抹去眼角氤氳的水氣，拾起眼前的碗筷，溫紫晴朝著老婦人禮貌的欠了欠身，「那我就開動了，謝謝奶奶的招待。」
「別客氣別客氣，快點趁熱吃。」
與飢餓的溫紫晴不同，老婦人只是簡便的夾了一點眼前的炒青菜，便放下碗筷，笑容滿面的看著對面的溫紫晴用餐。
「妳是怎麼找到這裡來的啊？」老婦人往溫紫晴的碗裡夾了一塊排骨，好奇的問道。
「亞瑟……」話說到一半，溫紫晴連忙改口：「我是……周威仁的朋友。」

老婦人聞言，臉上的笑容又更深了，嘴笑眼笑的上下打量著溫紫晴：「哎呦，我都不知道原來我們威仁在台灣有這麼漂亮的女朋友啊！」

老婦人的驚呼，讓溫紫晴嗆得把口中的飯菜吐了出來，好不容易接過老婦人遞來的茶水，接連灌下幾口平復了搔癢的喉嚨，溫紫晴才吃力的抬起手來在空氣中無力的揮了揮：「不是不是，您誤會了！我們只是朋友。」

「我們威仁從小就是一個比較怕生的小孩啦，他不會隨隨便便把家裡的的地址給別人啦。」老婦人臉上露出一抹「我還不知道你們這些年輕人在玩什麼把戲」的眼神，揶揄地說道：「而且這麼漂亮的小姐，威仁一定是有喜歡才會讓妳來給阿嬤看，阿嬤跟妳保證。」

還好在老婦人說這段話的時候，溫紫晴口中沒有任何飯菜，不然絕對會被嗆得又一次說不出話來。

因為也不知道該怎麼跟老婦人解釋了，溫紫晴便笑笑不再多做說明，老婦人也樂得把她當作孫媳婦看，眼神裡的寵溺幾乎滿得就要溢出來了。

吃飽飯後，老婦人便以時間很晚為由，邀請溫紫晴留宿一晚。

溫紫晴此行本就無意打擾，自然想婉拒，只是看了一眼客運時程表，發現即使現在出發也是趕不上末班車的，她便只好接受老婦人的好意，並且誠懇的表示自己真的無意給老婦人添麻煩，明天一早便會離開。

聽到她願意留宿的消息，老婦人開心的拉著她的手，走到位於客廳轉角處的一間小房間。

「既然是威仁的朋友，那妳就住在這間啦，這間房間，我們威仁只住到高中，已經十幾年沒有人住了，可是阿嬤幾乎每天都會進來打掃喔，所以很乾淨。」老婦人一面扭開門把，一面興奮的回頭對著溫紫晴說。

就和一開始進到這個房子裡的感覺一樣，雖然老舊，但是空間很寬敞，除了客廳和廚房外，還有四個小房間，溫紫晴感覺這裡過去應該住著三代同堂的大家庭，只是兒孫都長大了，現在只剩下老婦人一人。

思及此，溫紫晴的腦海中又一次浮現外婆孤身一人坐在老家藤椅上發呆的畫面，趕在淚水再次模糊雙眼之際用力的甩了甩腦袋，恭敬地隨著老婦人一起走進房間。

「不好意思打擾了。」

「不打擾不打擾。」

房間的格局和溫紫晴在南投老家的房間大同小異，一張靠牆擺放的加大單人床、木製書桌，還有一個矮小的書櫃。

將床上的棉被稍微整理了一下，老婦人回過身對著溫紫晴溫柔的笑了一下：「這間房間真的好久都沒有人用了，我一直很期待威仁有一天可以回來，所以堅持著每天整理，還好今天可以派上用場。」

老婦人說著，來回巡視了一圈空了許久的房間，接著又說：「瞧我這個記性，妳在這裡坐著稍等奶奶一下，我去幫妳拿一些換洗的衣物來。」

將身上的簡便行李緩緩卸在那張乾淨整潔的木製書桌上，溫紫晴默默地環顧了一圈寬敞的房間。

亞瑟為什麼要給自己留下老家的地址？又是為什麼放著年邁的奶奶一個人在老家，獨自一人在海外漂泊呢？

在老婦人短暫離開的幾分鐘內，溫紫晴的腦袋裡跑過無數疑問，如果留下地址只是巧合的話，那未免也太巧了？亞瑟會這麼做有什麼其他的用意嗎？

「這個是威仁媽媽以前留下的衣服，因為有些還能穿，所以我一直把它們保存著，想說東西都還好好的丟掉也很可惜。」

老婦人再次踏進房間時，除了手上的一疊衣服之外，還有一個看起來像是喜餅的圓形鐵盒，只是應該是很久以前留下的，鐵盒外層鍍上的漆都已經脫落了，露出最底層的銅棕色。

將衣服交到溫紫晴手上時，老婦人隨手將鐵盒擱置在書桌上，目光則不自覺被溫紫晴擺放在書桌上的相機吸引。

「奶奶從剛才就很想問妳，妳是做什麼工作的啊？看妳一直背著這個相機？是記者嗎？還是攝影師？啊妳今天怎麼不用上班？」

面對老婦人的問題，溫紫晴只是淡淡的笑了一下，走到書桌旁，將桌上的相機拿起：「我最近剛辭掉上一份工作，想要暫時休息一下，趁這段時間累積一點自己的作品。」

老婦人聞言，似懂非懂的點了點頭：「反正還很年輕嘛，工作再找一下就有了。」

溫紫晴知道她應該沒能明白自己話裡的意思，快速的操作了一下手上的相機，調整到在長灘島上替亞瑟拍攝的照片，舉至老婦人眼前。

「奶奶妳看，這是我前陣子替亞……威仁拍的照片。」

接過相機，老婦人微微瞇起眼睛，將相機拿的遠遠的靜靜欣賞著：「妹妹拍謝，阿嬤有點老花眼，這張照片太小了，可不可以稍微幫我放大一下威仁的臉。」

將視窗裡的照片重新調整一番後，老婦人終於在再次望向顯示窗時開心的笑了：「對對對！這個就是我們家威仁！哎呦好幾年沒有見到面，感覺他又變得更瘦了，真不知道一個人在國外有沒有好好吃飯。」

老婦人的嘴角微微抽顫了幾下，將相機交還給溫紫晴時，有些不好意思的問：「妹妹，妳那張照片拍得很好，有沒有辦法送給奶奶一張？」

「當然沒有問題，我明天就去找一間沖洗店把照片洗出來。」沒有過多猶豫，溫紫晴一口答應。

「哎呀，那真是太好了！」聽了溫紫晴的回答，老婦人興奮地握住她的手：「自從威仁的媽媽過世以後，威仁就一個人離開家，跑到國外去了，奶奶已經好幾年都沒有看到他，也不知道他一個人在國外過得好不好，有沒有好好照顧自己……」

說著，老婦人的聲音開始哽咽，她漲紅著眼眶，似乎很努力不想在溫紫晴面前流下淚來。

「奶奶妳放心，威仁他過得很好，身邊的人也都很喜歡他。」用力回握著老婦人的手，溫紫晴溫柔的說。

這些是她的真心話，亞瑟……確實是截至目前為止，她所遇過的……最好的，也最特別的人。

拉著溫紫晴的手在床邊坐下，老婦人打開了那個長滿鐵鏽的喜餅盒，裏頭裝得是滿滿一疊的明信片，她緩緩將那疊明信片小心翼翼地取出，攤在溫紫晴眼前。

「這些都是威仁離開的這幾年給我寄的。我一開始會嘗試回信給他，可是他待過太多地方，到最後我也不知道該寄去哪裡了。」

將明信片一張張翻過來看，溫紫晴發現最久以前的寄件日期是八年前從雅加達寄出的，最近的則是五個月前從韓國大邱寄回來的，還有一些亞瑟在世界各地的知名景點拍攝的獨照。

至於信上的內容，大致上都是交代自己過得很好，讓老婦人好好照顧自己之類的話，字裡行間可以看得出祖孫倆似乎並不是特別親近的關係，甚至可以說……有些生疏。

「威仁當初為什麼會想在高中畢業就離開家，跑到那麼遠的地方生活呢？」

拿起那張亞瑟在雅加達的火山前自拍的照片，溫紫晴好奇的問。

沉默了許久，老婦人才緩緩開口說道：「可能是覺得在這裡生活得很不快樂吧……畢竟，我們這些大人都虧欠他太多了，可能就是因為這樣，奶奶現在才會遭到報應，十年見不到孫子，一個人孤孤單單地住在這裡，老伴也走很久了，只剩一個不爭氣的兒子也不知道現在是死是活。」

亞瑟的父親？

因為幾乎沒有聽過亞瑟談起有關自己家人的事，溫紫晴心裡突然有種奇怪的感覺，好像自己正透過與老婦人的對話，抽絲剝繭般的滲透亞瑟的生命軌跡。

「我們家威仁……以前是個很愛笑的小孩。」從床底翻出一本薄薄的相簿，老婦人翻開一張亞瑟學齡前的照片，默默舉至溫紫晴眼前。

將目光定格在那張稚氣的笑臉上，溫紫晴卻突然感到胃裡一陣翻攪。

和亞瑟相處的這一個月，她怎麼就從來沒有想到呢？

會想要離開原本生活的地方，背後一定會有原因的吧……。

就和幾個月前的自己一樣……。

亞瑟說，他無法接受母親的離開，但在翻閱那本相冊的時候，溫紫晴才明白，亞瑟身上所背負的，也許遠比自己以為的還要多更多。

尤其是在看到亞瑟和母親臉貼臉的那張合照時，溫紫晴甚至有些埋怨過去的自己怎麼沒有早一點注意到，亞瑟之所以會有著一張深邃的臉孔，全是因為——他的母親。

「因為我兒子從小就不爭氣，長大以後整日遊手好閒的，其他人都在外頭工作、結婚生子的時候，他在外頭欠了一大筆賭債，我老伴退休之前是公務人員，用一輩子攢下來的積蓄替他還了債，我那時候就想……讓他找個女伴定下來，看看個性會不會穩重一點。」老婦人說著，默默拭去眼角的淚。

「在朋友的推薦下，我們找了仲介，然後威仁的媽媽便從印尼嫁了過來，我一開始很不喜歡別人看著我們家時總是用一種奇怪的眼光，所以變得很敏感，加上威仁他爸結婚之後，並沒有比較穩重，反而進了好幾次警察局，就連有了威仁之後狀況都沒有改善……。」

聽著老婦人的告白，溫紫晴開始一點一滴的深入到亞瑟的過去，那些亞瑟從來不曾對自己提起的……還有那些她從來不曾想像過的過去……。

「上小學以前，威仁真的是個很愛笑的小孩，而且又長得很可愛，特別惹人喜歡，不過……當時我這個做奶奶的，因為有一個不爭氣的兒子，每天忙著替他擦屁股善後，久了也不知道該往哪裡發洩，就把所有怒氣通通施加在威仁媽媽身上，現在想想是真的很後悔，我媳婦是個很好很單純的人，大老遠嫁到一個人生地不熟的地方也很認命，可惜我那時候完全沒有考慮到她的感受，只知道自己過得很辛苦，所以一直對她很嚴厲……。」老婦人說著又一次沒忍住淚水，用佈滿皺紋的手輕輕一抹臉。

「妹妹抱歉，奶奶只要想到以前的事，常常都會忍不住掉眼淚。」她哽咽著說：「那時候我以為威仁還小應該什麼都不會放在心上，卻忘了他每一天都在長大……直到有一次國小老師打電話來家裡，說威仁在學校跟其他同學打架，還說威仁長期在學校裡面受到其他小朋友的霸凌，因為他是全校唯一一個媽媽是印尼人的小朋友……。」

不知道為什麼，在那個剎那，徐子權一張童稚的臉，和客廳櫥櫃中亞瑟那張稚氣未脫的臉龐於溫紫晴的腦海中來回交疊……。

「我對徐子權有虧欠，和世界運轉方式不同的人就應該被赤裸的檢視，不知道從什麼時候開始好似成為了一種普世價值……而我就這樣不經思考的成為了其中一個加害者。但是我從來就不曾想過要傷害他……可那又有什麼用呢？因為我還是傷害了他……我以前是個惡毒的小孩，現在是個沒用的大人。」

那晚在海灘邊喝的爛醉時和亞瑟說的話一併灌入耳畔，若一把尖銳的匕首狠狠扎進溫紫晴的胸口。

亞瑟臉上的表情有些模糊，但零碎的記憶片段不斷刺進腦海提醒著她，亞瑟的過去並不快樂，所以與其長久駐足於一處無法給他歸屬感的地方，他寧願在世界各地流浪。

等到他看過的風景夠多了，也遇上足夠多不同的人事物以後，才會有這麼多深刻的體悟……。

也才能如此雲淡風輕的告訴溫紫晴：「別太急著找答案，一切都會好起來的。」

但是傷口會結痂，亞瑟過去所受到的傷害卻永遠都不會消失。

他花了遠比溫紫晴想像中還要更長的時間療傷。

老婦人告訴溫紫晴，亞瑟國中開始時常帶著傷回家，眼神也變得越來越兇狠，那時候怕他學壞，她總是對他又打又罵，曾經有一次，老婦人一氣之下對著他說：「就是因為你媽這樣！才會生出像你這樣的小孩，同學笑你又怎麼樣，反正你媽本來就不屬於這裡，她是外來的！你也一樣！」

那是亞瑟第一次在她面前落淚，他哭著對她憤怒地咆哮道：「她是我媽！你們都不准這樣說她！像我爸這種敗類！妳才應該好好檢討！」

她賞了他一耳光，打在他被同學霸凌弄出的傷口上，而他眼睛眨也沒眨一下，轉身奪門而出。

在那之後亞瑟離家出走了很長一段時間，老婦人說自己常常在夜深人靜時，聽見亞瑟的媽媽獨自一人在房間內哭著和他講電話。

「威仁跟他媽媽感情好，國中畢業的時候，我媳婦第一次帶他回了一趟印尼娘家，在那裡待了一個月後回來，威仁整個人都不一樣了，比起在家裡那種眼神充滿防備、全身的刺通通豎起來的樣子，那個時候的威仁讓我感覺很像回到了小學以前的他，一雙眼睛閃閃發亮的，整個人看上去也很精神。」

老婦人說著，從相簿內抽起一張全家人一起在市場前拍攝的照片，指著站在最旁邊的亞瑟，還有亞瑟身旁緊緊摟著他的母親：「亞瑟從小就長得像媽媽，不是我在說，現在回想起來，我媳婦是真的長得很標緻……配我那個不成材的兒子確實可惜她了，但現在說這些也沒有用，我當初就該對我媳婦好一點的，現在人都已經不在了……。」

「威仁的媽媽……是為什麼離開了呢？」

從老婦人臉上的表情看來，這應該不是什麼不能言說的祕密，她輕輕嘆了口氣，微微搖了搖頭哽咽的說：「她真的太累了……都沒能好好照顧自己，等到被診斷出癌症的時候，已經是末期了，那時候威仁高二……他媽媽倒下後不到半年就走了，我也只有在她倒下的那半年才知道她一直都過得很辛苦。」

「在那之後……威仁又變回了以前那副全副武裝的樣子，我試著想對他好一點，但一切都已經太遲了，在失去媽媽的那一刻起，他就已經不打算繼續留在這裡生活，也不知道他是怎麼跟印尼那邊的親戚聯絡上的……只知道有一天他就突然打包好行李，跟我說他要去印尼那裡找舅舅，離開後，就再也沒見他回來，好幾年都聯絡不上人，直到他離開的三年後才開始會收到他寄來的明信片和照片，看他變得那麼開朗，我心中也比較輕鬆一些，只是希望在死之前還能再聽聽他的聲音……還能再抱抱他……告訴他奶奶真的做錯了……奶奶很想他也很對不起他……。」

老婦人說著又開始哽咽了起來。

即使很想說些安慰的話，但是坐在空蕩蕩的房間內，溫紫晴卻一個字也說不出口。

亞瑟要的也許從來就不是「對不起」，就連溫紫晴都有些搞不太清楚，當一句道歉說出口的時候，究竟是道歉者的解脫，還是接受道歉者第二次的寬容，就像她曾經對外婆、對徐子權做的那些，為什麼明明一開始都是帶著愛，最後卻會成為傷害彼此最深的人呢？

坐在亞瑟的房間內，房裡卻再也沒有一點亞瑟曾經生活過的氣息，溫紫晴突然有一種也許亞瑟會在那張紙條上留下這串地址，是為了賭一個機會的感覺。

信紙上的那行字很輕，輕的只要稍不留意就會被忽略，但他還是留下了，即使他可能也猶豫過，或許亞瑟和溫紫晴一樣，在短短一個月的相處中感覺到了——他們很像。

面對最愛的人離開，她和亞瑟都在第一時間選擇了逃避，亞瑟逃到了母親一直思念的故鄉，而溫紫晴則逃到了外婆夢想中的那片海灘。

可明明是要逃的，偏偏他們都逃到了最容易想起故人的地方，因為不想忘記，也無法割捨，只能在過程中一點一點的舔舐著傷疤。

或許一開始亞瑟確實是帶著恨離開，可當他開始願意寫信回家的那一刻，過去那份被誤解為充滿怨懟的情緒，有沒有可能其實也夾帶了一份極其濃烈的愛。

可當他要拉下臉回家時，卻已經落下了太長一段的空白，於是最後……也只能悄悄在各自所處的角落裡，默默期許對方一切安好……。

「威仁他很想念您。」

脫口而出的那一瞬，溫紫晴敞開雙臂緊緊擁抱著淚流滿面的老婦人。

沉默了許久之後，老婦人才溫柔地回擁著溫紫晴，並在她耳邊落下一句淺淺的，「謝謝妳。」

很奇怪，有那麼一瞬，溫紫晴感覺自己似乎又一次聽見了外婆的聲音。

淚水沿著眼眶滑落，沾濕了溫紫晴緊緊擁著奶奶的手。

溫紫晴知道她也虧欠外婆太多了，可現在……她不打算再用這份愛將自己束縛起來。

她想帶著外婆這些年澆灌於自己身上的愛，重新開始一段過去的自己從來不敢幻想的人生。

隔天一早，溫紫晴背著相機來到亞瑟一家人曾經一起合照的市場。

繞了半圈後，她終於在一個不起眼的角落，看到了老婦人的粽子攤，老婦人在這座市場擺攤多年，幾乎整座市場的人都認識她，在市場裡擺攤的攤販們感情似乎都不錯，除了互相招呼以外，也會在沒有客人上門的空檔一來一往的嬉笑閒聊。

也許是沒有預料到溫紫晴會跑來自己工作的地方，老婦人露出一臉靦腆的笑：「妳怎麼會來這裡？我今天早上出門的時候還怕吵醒妳，桌子上給妳留的飯糰跟豆漿有吃了嗎？」

「吃了，謝謝奶奶。」溫紫晴禮貌的朝著老婦人欠了欠身，「我想說來這附近走走看看，順便拍一點照片，畢竟我也是第一次來這裡。」

雖然只是個中小型市場，環境卻遠比想像中還要乾淨許多，在老婦人的粽子攤位旁是一攤賣水果的小舖，店主是一位中年夫妻，可能因為是假日的緣故，還有兩個目測約莫八、九歲的男孩，乖巧的蹲坐在攤位旁邊寫作業。

中年婦人見到溫紫晴，笑著朝她微微頷首算是打過招呼，而後轉頭對著老婦人問：「阿梅阿嬤，妳什麼時候偷偷藏了一個這麼漂亮的孫女？哎呦真好命喔！」

「不是啦！不是孫女啦，是孫媳婦，很漂亮齁！」老婦人半開玩笑的對著一旁的中年婦人說道。

「哎呦！妳們家威仁終於回來了嗎？都多少年沒見了啊！」

「沒有啦，還沒有回家，還在周遊列國哩。」

溫紫晴還沒來得及解釋自己並不是亞瑟的女朋友，中年婦人和亞瑟的奶奶卻早已聊開了。

「漂亮小姐的工作是攝影師嗎？」中年婦人說著，又一次將目光移回溫紫晴身上，眼神來回打量著溫紫晴和她身上背著的相機。

「嘿啊！很優秀欸，她好會拍照喔！」沒想到亞瑟的奶奶卻搶在她之前開口，語氣裡是滿滿的驕傲，彷彿她們已經相識許久似的。

中年婦人聞言，笑得更燦爛了，轉身對著身後忙著卸貨的丈夫喊道：「火旺啊！你看阿梅阿嬤的孫媳婦來了！人家是攝影師喔！」

被喚作火旺的男人，狼狽的用掛在肩上的毛巾抹了抹臉上的汗，左右張望了一下終於在攤位前找到了溫紫晴，禮貌的衝著她笑了下，靦腆的說：「妳好！哇沒想到世界上還有這麼漂亮的攝影師小姐。」

「三八啦！不要這麼不正經嚇到人家。」中年婦人見怪不怪的往丈夫的後背獻出一掌，而後又一次笑著轉頭望向溫紫晴：「妹妹啊，要怎麼稱呼？妳有沒有名片啊？」

「啊……我叫溫紫晴，叫我小溫就可以了。」溫紫晴有些不好意思的撥了撥垂墜於耳際的瀏海，吶吶的說：「名片的話……暫時還沒有……。」

「是喔。沒關係啦，只是想說如果方便的話，可不可以請妳幫我們拍幾張全家福，畢竟攝影什麼的我們也不懂，也不常全家一起出去玩，小孩都長那麼大了都沒有留下幾張大家一起合照的照片，啊看要怎麼算錢，妳再跟阿姨說啦。」

「什麼！我們要出去玩嗎？」坐在小板凳上畫圖的小男孩聽到關鍵字興奮的抬起頭來。

「三八啦，什麼出去玩，水果都還沒開始賣，就想出去玩！」中年婦人無奈的朝著小男孩擺了擺手，而後伸手指了指溫紫晴的方向：「你有沒有跟攝影師姊姊說姊姊好！人家姊姊是很厲害的攝影師，等一下會幫你拍照拍很帥餒，啊你不是說暑假作業要貼全家福的照片都沒有照片嗎？媽媽請姊姊幫我們拍照好不好？」

「蛤？可是我比較想出去玩。」小男孩嘟著嘴，有氣無力的垂著頭說道。

「我也想要出去玩。」在一旁忙著排列彩色筆的弟弟也跟著附和。

「妳看啦，現在的小朋友都不懂父母做生意的辛苦，就只想著玩，書也沒有給我好好念，這個啦是哥哥，已經國小三年級了，數學都給我考七十幾分而已，啊旁邊那個是弟弟，國小一年級，ㄅㄆㄇ都還搞不清楚。」

「哎呦，妳不要把囡仔郎逼那麼緊啦，七十分已經很厲害了。」亞瑟的奶奶在一旁心疼的幫腔，說完還不忘對著兩個小男孩遞出寵溺的眼神。

這間菜市場的氛圍很好，即使客人不多，攤販與攤販間彼此就像認識很久的家人朋友一樣，感覺得出來亞瑟的奶奶應該是很喜歡這裡的工作環境，才會堅持七十幾歲了還每天都到市場裡擺攤賣粽子。

「反正每天在家裡也是一個人，還不如到市場裡面賣賣粽子，還有人可以聊天。」事實也確實如溫紫晴所想。

因為溫紫晴堅持不收取拍攝全家福的費用，午餐時間隔壁水果攤的老闆娘特別招待她吃據說是市場裡最有名氣的一間牛肉麵店，當然，也多準備了一份給亞瑟的奶奶，只是奶奶牙齒不好，所以把所有帶筋的牛肉通通撈到溫紫晴碗裡。

「我等一下再把剛剛拍的照片洗出來給您。」

「不急不急慢慢來沒關係，妳先把麵吃完。」中年婦人朝著溫紫晴溫柔的擺了擺手，而後掩著嘴笑著說：「妳剛剛把我拍得那麼漂亮，我都快要不認識我自己了。」

「水某欸，不是小姐技術好，是妳本來就長得很漂亮了好嗎？」

無視丈夫的稱讚，中年婦人又一次漾起燦爛的笑容對溫紫晴說：「真羨慕阿梅阿嬤，有這麼漂亮又有才華的孫媳婦。」

「妳也可以啊，只是要再等個二十年啦。」

又一次沒給溫紫晴解釋的機會，亞瑟的奶奶一本正經的回應道。

事已至此，似乎也沒有再多做解釋的必要，溫紫晴只能尷尬地笑一笑，在奶奶和中年婦人一來一往的閒談間，靜默的退場，找到附近一間事先查好的沖印店，將亞瑟在白沙灘上的獨照，以及水果攤一家的全家福沖印出來。

結束沖洗照片的行程回到市場，溫紫晴並沒有馬上前往亞瑟奶奶所在的攤位，而是又在市場周圍繞了幾圈，不知道為什麼，過了中午，市場的生意突然開始好了起來。

在市場外圍隨心所欲的拍了幾張照，再次回到亞瑟奶奶的粽子攤時，奶奶剛招呼完一組客人，也許是站得離攤位還有一段距離，她並沒有馬上注意到默默站在一旁的溫紫晴，目光遠遠地落在一旁玩耍的小男孩身上。

兩個小男孩正為了一支紅色的彩色筆吵得不可開交，靜靜望著他們，老婦人臉上卻露出一抹夾雜著些許落寞的笑。

默默舉起相機，溫紫晴靜靜地調整了焦距，將老婦人臉上的表情溫柔的捕捉了下來。

她並沒有把老婦人目光所及的兩個小男孩一併收束於畫面裡，透過這張照片，沒有人知道老婦人究竟是看到了什麼才會露出這樣的神情，只是那樣夾帶著些許落寞的眼神好似又透露著——她好像正在等待著誰。

在那以後，溫紫晴似乎找到了自己長久以來想要挑戰的拍攝風格，帶著相機，她開始在各個鄉村城鎮裡逗留。

當然，她依舊時常與亞瑟的奶奶保持聯繫，時不時就會到奶奶家拜訪，老婦人也確實很喜歡她，每次見到她就像見到孫女似的，煮好滿滿一桌菜，拉著她天南地北地說個沒完。

那張以奶奶為主角拍攝的照片，溫紫晴將它取名做〈盼〉投稿到一個國際知名的攝影比賽，結果出爐，溫紫晴沒忍住從書桌前訝異的站起身，摀著嘴巴不敢相信第三名的欄位上竟然高高掛著自己的名字。

沒想到就這樣被周圍的人說著，她還真的如願成為了一名攝影師。

於此，溫紫晴開始有了開設攝影工作室的想法，加上將近一年的時間也陸續累積了不少作品，風格也逐漸明朗，甚至開始獲得一些報章雜誌的邀約。

亞瑟那張舉著芒果對著攝影機癟嘴的照片，始終被她擺放在電腦桌面上最顯眼的位置，偶爾她也會在夜深人靜時想起亞瑟在長灘島上對她說的話：「這樣以後如果妳參加攝影比賽得獎了！我認真工作的樣子就能在全世界流傳了。」

可是溫紫晴並不打算這麼做，因為和她其他作品並置在一起看，這張照片內隱藏的情感，內行一點的人應該很快就會看穿了吧。

從長灘島回到南投老家已經過了將近一年的時間了，溫紫晴依然時常想起和亞瑟在那片夢幻的海灘上共度的時光、時常想起亞瑟的話，也時常想起那雙於星空下閃著燦爛光芒的深邃眼眸。

她曾經試著尋找任何有可能聯絡上亞瑟的方式，無奈卻都失敗了，儘管剛回國的那段時間，溫紫晴曾經輾轉聯絡上小碧，對方卻表示自從離開長灘島後就沒再見過亞瑟，而他在島上弄壞了手機後也換了號碼，所以就連小碧也無法聯絡上他，那一次是溫紫晴覺得自己和亞瑟靠得最近的一次，她拜託小碧如果有任何關於亞瑟的消息，一定要立刻聯繫她，可後來終究還是沒了下文。

每當想念亞瑟的時候，溫紫晴便會前往他位在高雄的老家，陪著亞瑟的奶奶擺攤賣粽子，聽著街坊鄰居談起亞瑟的過去，到他曾經生活過的每個角落裡靜靜地想像著他曾經說過的話、經歷過的事。

有時候溫紫晴也會疑惑，迫切的想知道過了那麼久，亞瑟是否也會偶爾想起她來，還是又在旅途中遇到了其他來自不同地方的旅人，展開了一段又一段她無法參與的精彩旅程？

可惜這個答案，她可能永遠都不會知道。

認識亞瑟奶奶的八個多月後，有一天奶奶聯絡溫紫晴，並告訴她，自己收到了亞瑟從印度寄來的明信片，只可惜內容很短，大致上就是交代了自己最近的近況，陸續去了許多國家，他說……他過得很好，還要奶奶好好照顧自己。

聽著奶奶朗讀信裡的內容時，溫紫晴卻突然覺得好陌生，亞瑟的身影在腦海裡逐漸模糊了，她只能趕快點開那張始終被她擱置於電腦桌面的照片來看。

溫紫晴其實很心急，她急著想告訴亞瑟，自己發現了那張信紙背後的地址，找到了他的老家，她甚至完成了亞瑟在分別時對自己的期許，如約成為了攝影師。

可是亞瑟的消息一直都是單向的，就連奶奶都不知道該怎麼樣才能聯絡上他。

「妳也別太氣餒了，威仁若想回來的時候，自然就會回來了。我想這段時間他一定也很想念妳，奶奶感覺得出來，妳是威仁會放在心裡的那種女孩。」亞瑟的奶奶反過來安慰溫紫晴，雖然這段時間亞瑟老家的人一直將她視作亞瑟的情人，但對於這樣的身分，溫紫晴一直很心虛。

一開始她曾經試過解開眾人的誤會，只是時間久了漸漸也不知道該怎麼解釋，加上溫紫晴對於這樣的誤解其實也不怎麼討厭，雖然有點卑鄙，但她確實時常想像著，如果她當真能和亞瑟走到一起，又會是什麼樣的光景……。

可是每當有人向她問起亞瑟的近況時，就會再一次提醒她，她們不過就只是因緣巧合下共同擁有過一段短暫回憶，萍水相逢的旅人罷了。

「我也不太清楚。」

這樣回答的次數多了，旁人也就漸漸不再向她問起亞瑟的事，更多的是把她當作那個從小看著長大的孩子。

「妳跟威仁很像。」有一次賣水果的中年婦人這樣對著溫紫晴說，認識一段時間後溫紫晴都喊她金鳳姊。

因為溫紫晴的緣故，金鳳姊的大兒子開始對攝影產生興趣，溫紫晴便用比賽贏得的獎金，買了一台入門款的底片相機送給他當禮物，在那之後金鳳姊也沒把她當外人，每次只要一看到溫紫晴，就會親切地喊道：「哎呀！溫大攝影師來啦！我兒子的偶像！」

「也是我的偶像！」火旺哥會在一旁打趣的湊熱鬧。

溫紫晴很喜歡市場裡的攤販們，他們甚至把她在比賽中得獎的那張，拍攝阿梅阿嬤的作品製作成看板，擺放在市場的各個角落。

金鳳姊總是這樣告訴她：「我從第一眼看到妳就覺得妳和威仁身上有一股很類似的氛圍，所以才會把妳誤認成阿梅阿嬤的孫女。一開始本來還以為只有我這麼認為，但是上次跟賣牛肉麵的阿菊提起妳，她也和我說妳說話時還有笑起來的樣子，跟我們記憶中的威仁很像，雖然差了快十歲，但我們也是看著他長大的姊姊，畢竟這裡人少，住在附近的多少都會認識。威仁也是個很有藝術天分、很浪漫的孩子，也許就是因為這樣才有辦法在世界各地都生活得這麼好吧。」

和她談起亞瑟的時候，大家都會盡量避開那些不好的回憶，也許是不想讓阿梅阿嬤傷心，可在街坊鄰居的回憶中，亞瑟似乎真的是個很得人喜歡的男孩，聽說他還曾經在學校裡面拿過幾次素描比賽和作文比賽的冠軍，對此，溫紫晴倒是一點也不感到意外。

經營自己的攝影工作室也即將滿半年了，期間溫紫晴又陸續參加了幾場國內外的攝影比賽，都獲得了不錯的成績，在攝影界也漸漸打響了名號，可惜的是因為碰上全球疫情，有許多跨國的合作邀約還有頒獎典禮迫於無奈全數被取消。

攝影工作室的工作雖然也受到了影響，但是自從有過幾次獲獎經驗後，也陸續有一些藝術策展人時不時的找上門，詢問溫紫晴是否有舉辦攝影展的意願，幾次會面下來，溫紫晴認識了一位資深策展人李蔓蔓，雖說資深，但李蔓蔓的年紀其實跟她差不多。

李蔓蔓表示，自從自己第一次看到溫紫晴被刊登在攝影雜誌上的作品後，就開始關注她了。

「妳的作品雖然時常使用不飽和的調色，但是很奇怪，看著那些照片我總能感受到一種很特別的溫度，即使從妳的作品中我可以很明確感受到，妳是個很擅長與被攝者保持距離的攝影師，但同時又會感嘆妳每張照片背後的敘事張力，每當看著妳拍攝的作品我就覺得好像我也在場經歷一場動人的故事，彷彿透過妳的鏡頭，我可以和照片裡的人對話。

所以……我就想說如果能以〈盼〉為主軸，在這個大家都過得很困難的時刻給予大眾一些不一樣的衝擊與溫暖，我覺得會是一次不錯的體驗，不知道溫小姐您有沒有意願和我合作呢？」

李蔓蔓在藝術推廣這一塊其實做過非常多的嘗試，溫紫晴知道她是一個年輕有為的策展專家，加上兩人很聊得來，所以自然沒有要拒絕的打算。

開始深入攝影工作後，溫紫晴是有想過，未來有機會的話也想辦一場屬於自己的攝影展，只是沒想過機會來的那麼快。

「我希望可以在這次展覽中，看到更多除了得獎作品以外的東西，畢竟妳的風格從〈盼〉獲獎後，有過一段不穩定的時期，加上妳入行的時間也不長，既然很擅長用鏡頭說話，希望能有一些還沒有正式出道的作品，以及比較前期的作品，可以在會場中做一個類似於成長線的時間牆，妳覺得如何？」

「早期的作品嗎？」

「對，這點我們可以再討論，或是能讓我看看妳其他還未被公開過的作品嗎？」

開始決定舉辦個展後，溫紫晴的生活也變得忙碌起來，李蔓蔓甚至會在工作之餘額外抽出時間製播自己的 podcast 節目，每一集節目都會訪談一位藝術領域的新秀或是藝術工作者，因為這次的展覽，溫紫晴也受邀參與了幾場錄製。

攝影展即將在三月底展開為期一個月的展期，讓溫紫晴感到訝異的是，兩年前的三月底，正是她為了逃避現實而選擇出走的日子，也因為那一趟旅行，認識了亞瑟，還遇上了許久不見的徐子權。

溫紫晴和徐子權這段期間，一直都有保持聯絡，雖然這次攝影展徐子權無法到場，但他也拍胸脯保證一定會讓魏安莫還有李芮親自到場祝賀。

自從開設了自己的攝影工作室，溫紫晴便不常住在南投老家了，但她依然固定每個月會回老家一趟，將家裡徹頭徹尾打掃一遍。

只是這次為了舉辦攝影展，有太多瑣事需要處理，拖了兩個月，溫紫晴才終於有時間回老家一趟。

過去進門前的第一件事，往往就是檢查信箱裡積累了幾個月的信件，確認有沒有什麼待繳的費用需要結清，只是這一次，當溫紫晴捧著滿滿一疊信件走進屋內時，卻發現在那之中夾了一個中型的黃色信封，看到寄件人署名的剎那，她的心跳就這樣無預警的硬是漏了一拍……。

也不管手中還抱著一堆信件以及行李，溫紫晴匆促地開了燈，將其他信紙隨手擱置在電視櫃上，舉著那個寫有亞瑟姓名的黃色信封，三步併作兩步的走向沙發。

雖然信封上的寄件地址寫的是長灘島，但是拆開信封後，溫紫晴卻從中倒出了五張不同地點的風景明信片。

顫抖的將明信片一一翻至寫有內容的那一面，她訝異的發現，最早的一張，亞瑟在落款處註記的日期，正是自己回到台灣後的一個月……。

嗨，小溫：

是我，亞瑟。

現在是二〇一九年五月二十五號，我人在首爾，我來參加之前認識的朋友的婚禮，就是之前跟妳說，幫我燙頭髮的那位韓國朋友，然後就這樣想起妳來了。

其實……在妳離開後，我便時常想起妳，想起我們一起在沙灘上度過的那些時光，還有妳的聲音、妳跟我說過的話。

這是我費盡千辛萬苦輾轉聯絡上旅行社同事要來的地址……當初匆匆一別，我們竟都忘了給彼此留下聯絡方式，因為妳的號碼已經不能用了，所以我就嘗試往妳當初在旅行社留下的地址寫信（因為是我前公司，同事有一直告知我，身為導遊不能隨意透露旅客信息），但我真的太想寫信給妳了，在知道我們認識的前提下，才勉為其難的給了我這串地址，如果我沒猜錯……這應該是妳老家的地址。

雖然我不確定寫完這張明信片的我，有沒有勇氣寄出，但就只是想問問妳……回到屬於妳的地方之後，一切是否都有在往好的方向發展呢？

這張明信片是我在婚禮會場外的一家便利商店給妳寫的，大家都還在拍合照呢，我卻總想著給妳寫信了……。

嗨，小溫：

又是我，亞瑟。

隔了一個月我又想給妳寫信了，雖然上一封根本沒有勇氣寄出，一直被我裝在行李箱裡。

離開首爾後，我去了一趟東京，現在人在沖繩，這裡應該是我目前去過的地方中，離妳最近的一處吧！我現在跟幾個當地的朋友在海邊喝酒、吃燒烤，然後就又想起妳來，如果有一天妳看到這些內容應該會覺得很荒唐，畢竟才相處一個月的人，卻老是說想妳這種話……。

回到老家後一切是否安好呢？還有繼續妳喜歡的攝影嗎？每當想妳的時候，我都會忍不住在心裡這樣問。

這段時間我也帶了幾個團，團隊裡也有和妳一樣，總愛拿著一台單眼相機到處走的旅客，然後，我就會驕傲的和他們說：

「嘿，你們知道嗎？我有個很漂亮的攝影師朋友。」

哈哈我其實也不清楚為什麼自己會突然想和妳說這些，也許是喝了酒的緣故吧……。

Ps.這張明信片上的風景，是沖繩一處叫做萬座毛的景點，也是我在這裡最喜歡的地方……。

嗨，小溫：

我是亞瑟。

距離上次給妳寫信，應該又隔了一段時間，和妳分別已經三個多月了，妳過得好嗎？

我現在人在雅加達，我舅舅最近身體狀況不太好，所以我回來看看他，記得我和妳說過那個總讓我想起我媽的市集嗎？奇怪的是，這次……當我一個人經過那裡的時候，卻率先想起妳來。

看到這裡，妳應該會感到很疑惑吧？我曾經跟妳說過我在雅加達待過很長一段時間，卻沒有告訴妳……這裡其實也是我的家。

不過，雖說是家，卻一樣讓我感到陌生。

我依然時常感覺自己似乎不屬於這裡，就像我在台灣的老家一樣，那裡……似乎也不是屬於我的地方。

還記得妳第一次見到我的時候，把我誤認成菲律賓船員嗎？

我時常在想……也許我的外表就和我的心一樣，不屬於任何地方。

我不記得妳是否有問過我「為何不回家？」還是「為何流浪？」這樣的問題。因為關於這些……我實在被問起過太多次了。過去在面對這類疑惑時，我總是選擇笑而不答。

但我很清楚，我心裡其實一直都有答案……

妳知道嗎小溫？

如果說家是一處能讓人產生歸屬感的地方……那我覺得，從出生的那一刻起，我應該就是個注定漂泊的人吧。

嗨，小溫：

我又給妳寫信了，現在我已經大致確定，這些信大概永遠都不會寄到妳手裡。

今天是二〇一九年八月十六號，我現在人在巴黎，也許是這裡的氛圍太過詩意，昨天晚上，我在夢裡遇見妳了。

妳笑得很美，走到我面前一臉興奮的對我說，妳遇到了一個很愛妳的人，也許妳會牽著他的手，跟他一起走完接下來的日子，然後，妳笑著向我要地址，說是要寄喜帖給我。

妳知道嗎，我當下其實很掙扎，畢竟我比誰都還希望看到妳幸福，但是我發現，我好像不怎麼想看見妳挽著別人的手走進禮堂的樣子，很矛盾吧……。

妳把喜帖寄到了我位在高雄的老家，然後……我竟然奇蹟似的收到了那封喜帖，可我已經許久沒回老家了。

雖然與我的夢境無關，但是那天離開時給妳的素描畫上，我偷偷留下了老家的地址，當時我心想著那個我許久沒有回去的地方，如果妳能代我去看看該有多好，我奶奶現在一個人住，我十幾年沒見到她了，只是一直將自己這些年在外漂泊的痕跡往老家的地址寄送，也不知道那裡是否還有住人？奶奶是否有收到我的信……？

畢竟我當初走得很急，也不好再回去了吧，我想如果我奶奶還在，應該很氣我，氣我走的絕，且一走就是十多年。

可如果她不在了，也許到離開前，都會是恨我的，因為我真的很不孝……不管是對她還是對我媽。

by 依然想念妳的　亞瑟

嗨，小溫：

我是亞瑟，這張明信片的風景有讓妳感到很熟悉嗎？

在妳離開後不久，我又開始在世界各地流浪了，這半年的時間去了首爾、東京、沖繩還有巴黎，最後又輾轉回到了島上，距離送妳離開已經過了六個多月了呢。

在這段時間我依然時常想起妳，想起那段我們在島上共度的時光。（我想這段話我應該說過許多次了吧）

在遇到妳之前，我時常感到孤單，覺得這個世界上好像就只有我一個人這樣四處漂泊的活著，我不去愛人，也不讓別人愛我，就只是一直在世界的各個角落找尋一點歸屬感。

第一天在島上見到妳的時候，妳喝得爛醉，說了很多也許只有我會記得的話，我記得妳哭著問我：「妳不明白為什麼跟世界運轉的方式不同的人，就該被赤裸的檢視？」也許是從那一刻開始，對我而言，妳就是一個特別的存在，即使知道妳可能只會在我的生命裡短暫停留一段時間，我也拼命想要抓住任何可以和妳相處的機會。

這半年多的時間裡，我給妳寫了很多張明信片，只是都沒有勇氣寄出，但這次……我想要賭一把。

我的心情其實很矛盾，一方面很希望妳能收到，同時又總是想著，若妳沒有收到，那我的這些思念也許就不會傳達到妳手裡，也就不會顯露出這些我始終不願被人揭露的一面……。

可是最近我時常想著，也許我們之間的緣分，注定只能停留在那短暫的一個月。

不過假若真是如此……我還是想給自己一次機會，那天在機場分別時，妳回頭對著我喊：「我會等你。」的樣子真的很動人，那一刻，我是真的很想衝過去抱住妳讓妳不要離開的……。

在外流浪久了，總有一種即使有家也回不去了的感覺，但妳來到島上的那段時間，真的帶給我很多……。

我想也許有個人願意對你說出「他會等你」這句話，那麼那個人所在之處，也許就能被稱作「家」了吧？

難道不是嗎？我其實也不太確定，只是最近時常想起妳離開那天的場景。

這應該會是我給妳寫的最後一張明信片了，我會把我的電子信箱留在信末，若妳收到的話，希望也能聽到一些關於妳的消息，若沒有的話，那麼我想，我還是會繼續抱持著希望，期待在未來的某一天能夠再次見到妳……。

望著那些娟秀工整的文字，信裡的內容，讓溫紫晴頓時感到一陣鼻酸，腦海不禁又一次浮現一年多前，與亞瑟並肩走在白沙灘上他轉頭笑著和自己說的那些話……。

「妳難道忘了你們是怎麼來到這裡的？」亞瑟的笑臉依然清晰，一雙燦爛的眼睛確實耀眼的宛若天上高掛的星。

「要寄出的話得先坐船之後再搭飛機，幸運一點的話三個月左右可以收到，也有人一年之後才收到，不過大部分都是會寄丟的。」

在寄出這些明信片的時候，亞瑟心裡在想什麼呢？

溫紫晴不禁感到好奇，準確來說這些年她對於亞瑟在外漂泊的生活，一直都是好奇的。

尤其是她剛回到台灣不久便開始爆發大規模疫情……。亞瑟還好嗎？現在又在哪個國家呢？有好好照顧自己嗎？會不會……也想過要回家看看呢？諸如此類的問題，時不時便會在溫紫晴的腦袋裡打轉。

他可能也沒想過，這些信在時隔一年多後會這樣安然無恙的寄到溫紫晴手裡吧。

再往亞瑟留在明信片上的信箱地址寄出郵件前，溫紫晴率先撥了一通電話給李蔓蔓。

兩個月後即將舉辦的攝影展，其實大致都規劃得差不多了，但是對於展覽名稱，溫紫晴一直拿不定主意，來回商討過幾次後仍舊沒有個定論，「小鎮光影——溫紫晴個人攝影展」是目前掛在企劃書，和一些贊助文件上的暫定名稱，溫紫晴卻始終感覺差了一點什麼。

「喂？」李蔓蔓用一貫開朗的嗓音接起電話。

「喂，蔓蔓，我覺得……我好像想到這次攝影展的名稱了。」

「真的嗎？終於有妳滿意的名字了嗎？」

「嗯。」溫紫晴淡淡的回應。

「妳覺得『有人在等你』，這個名字怎麼樣？」她說。

最終章

嘿，有人在等你

「溫，開幕那天妳盡量穿得漂亮一點。」距離攝影展開幕只剩下一週的時間，李蔓蔓和溫紫晴在會場見面的時間也一天比一天還要長。

「為什麼？」

「什麼？我沒跟妳說嗎？因為這次有幾個贊助單位來頭不小，所以開幕當天很多企業大佬還有媒體通通都會來，而且雖然現在疫情還是蠻嚴重的，可是票卻遠比我們預期的賣得好，看來連妳都不知道自己現在真的出名了吧！」

「哪有妳說的那麼誇張啦。」溫紫晴笑著戳了戳李蔓蔓的肩膀：「對了，這裡的東西都弄得差不多了，所以我明天開始到禮拜五為止都不會出現喔。」

「整整五天？妳要去哪？這幾天工作室有工作進來嗎？」

聞言，溫紫晴笑著搖了搖頭，對著李蔓蔓調皮的眨了眨眼睛：「先回南投陪外婆幾天，然後再去高雄看奶奶。」

「說得也是，最近太忙，妳也有一個多月沒回老家了吧。」李蔓蔓表示理解的點了點頭：「反正確實沒什麼事了，妳就在展覽開始前給自己放個幾天假吧，不然接下來一個月有得妳忙的。」

「再忙也不會比妳忙啦，我接下來就露個臉，接受一點簡單採訪就好。」

「No No No，溫大攝影師，現實絕對不會如妳想像中來得輕鬆的。」

與李蔓蔓在會場大廳分手後，溫紫晴便獨自一人搭上返回老家的火車，如今的她已經很習慣獨自一人坐在靠窗的位子，一路看著窗外變換的風景直到抵達老家。

這次不只是南投老家的親友鄰居，就連高雄的金鳳姊等人都為了攝影展做好北上的準備，金鳳姊還笑咪咪的對她說：「拖妳的福我們一家人終於可以久違的來一趟家族旅行了。」

「妳都不知道，因為妳拍的那張阿梅阿嬤的照片，粽子攤位的生意變得多好勒，我們都笑著跟阿梅阿嬤說，她現在已經可以被稱作國寶級人物了，齁，都不知道她笑得有多開心。」火旺哥也不忘在一旁比手畫腳的補充。

可以聽到這些回饋，溫紫晴當然很開心，只是距離攝影展越近，那封遲遲未得到回覆的電子郵件，卻讓她一天比一天還要來得焦慮，不管是時隔一年多才收到的明信片，還是亞瑟獨自等待回音的這段時間，這些於光陰歲月裡落下的空白，就宛若在海面上浮沉的漂流瓶，撿到漂流瓶的人和安放漂流瓶的人之間存在的時間差，有著太多不確定。

就像他們在機場道別時，那份擱淺於心底的情愫，就連傳達給彼此的時間都是錯置的，即使曾在同一片天空下共同擁抱那座璀璨動人的海灘，可說白了，他們終究只是在療傷過程中相識的患者，在彼此身上見到了相似的軌跡，亞瑟從一個在逃的患者成了一名耽溺於流浪的旅人，儘管滿身傷痕，可他身上散發的那股瀟灑與淡然，卻成了溫紫晴的嚮往。

因此在那封郵件中，溫紫晴是這樣寫的。

嗨，亞瑟，

也許……從這封信開始，我該喚你威仁。

好久不見，你過得好嗎？我收到你從世界各地寄來的明信片，可是好笑的是，確實如你所說，距離你將它們寄出的時間，延宕了一年。

我想告訴你，我過得很好，還有……也很常想起你。

你寫在素描畫背面的那串地址，我看到了。也不知道是不是我們真的有默契，我確實去了一趟你位在高雄的老家，擅自拜訪你年邁奶奶這件事，我想和你道歉，但我並不後悔自己親自走訪了幾趟你成長的地方，老家的人都很想你，不管是一把年紀還在賣粽子的阿梅阿嬤，還是小孩已經上小學的金鳳姊和火旺哥。

他們時常向我問起你，只是相處的時間久了，我好似也從一個與你有過短暫連結的外人，漸漸變成了你。阿梅阿嬤把我當作孫女一樣疼愛，時常和我聊起你的過去，我們會一起看著你兒時的照片，然後一起想念你。

我一直記得在那片一望無際的海灘上，你對著我說：

「一切都會好起來的。」

那句話真的給了我很大的安慰，也讓我不再逃避，坦然面對了外婆的離開，即使在送走她的那一刻心是碎裂的，但我同時也明白，那份撕心裂肺源自於我們之間的連結，你不覺得很奇妙嗎？世界那麼大，我們卻偏偏在同一條船上，遇見了彼此。

遇到你之後我時常在想，也許緣分就如運氣一般，有好有壞，有些深入骨髓的緣分，卻像極了無法根治的痼疾，可有些萍水相逢的，卻總是在心上刻上一道長長的影子，這些年我帶著你的影子，一步一腳印地實現了成為攝影師的夢想，雖然你不在這裡，可我卻總覺得，這些成就與喜悅，都該是屬於你。

附件夾帶的這張照片，是我參加攝影比賽得獎的作品，我將它取名做〈盼〉，我想只要點開，你就能明白為什麼我要替它取上這樣的名字了。

今年的3月28號我將要舉辦為期一個月的攝影展，托你的福，一直僵持不下的展覽名稱也終於有了下落。

嘿，亞瑟，你知道嗎？

我的展覽名稱就叫做——有人在等你。

同樣思念你的　小溫敬上

距離寄出這封郵件的時間，已經過了一個月了。

溫紫晴甚至不確定亞瑟是否順利收到了信，只是依稀有種感覺——「不確定」似乎已經成了他們之間最深刻的連結。

也許在寄出明信片後的那段時間裡，亞瑟也是這樣獨自一人搖擺著乾著急吧。

在熟悉的車站下了車，溫紫晴熟練的搭上返回老家的客運，等到站時，時間已是深夜。基於傍晚沒吃什麼東西，溫紫晴獨自一人來到了那間小時候曾和外婆一起騎車經過的二十四小時便利商店，從冰櫃裡拿了兩罐冰涼的啤酒，和一些即食的三明治，隨意找了一個看得到窗外景色的位子落座。

默默看著漆黑一片的街道，對街的早餐店裡透著微微的光，看起來似乎才剛準備要休息。

「辛苦了。」默默剝開手中的三明治，溫紫晴淡淡的說。

沒有在便利商店裡久坐，溫紫晴拎著剛買的啤酒，沿著那條小徑一路從最喧鬧的地方緩緩往那間位在田中央的小屋移動。

路上沒有人，只有時不時竄出的野狗會伴著她走上一小段。

「抱歉啊，我身上只有酒，沒有其他東西可以給你吃。」

或許是聽懂了她的話，小黃狗輕輕的低鳴了幾聲，便啪嗒啪嗒的往溫紫晴的反方向跑開了。也不知道這樣走了多久，直到那間熟悉的鐵皮屋映入眼簾，溫紫晴正準備伸手從包裡拿出鑰匙，在背包裡撈了老半天才發現自己似乎將鑰匙遺忘在展覽會場的置物箱裡了。

拖著一身疲憊的身軀，溫紫晴望了一眼手機螢幕上顯示的時間，晚上十一點五十分，一個有些尷尬的時間，總不能這樣在家門外待到隔天清晨，無奈的是回台北的末班車也已經過了。

幾經思索後，溫紫晴還是決定前往這附近唯一一間民宿，至少先有個落腳的地方休息一晚，其他的等天亮了再去想辦法。

還好身上的行李不重，只是手上的冰啤酒離開冷藏櫃太久瓶罐上的水珠滴得到處都是，讓溫紫晴有些後悔自己剛剛沒有太多思考就買了。

本來想著回到家後可以舒舒服服的坐在籐椅上小酌一下，沒想到卻給自己找了這麼大的麻煩。

雖說是家裡附近的民宿，但溫紫晴前後還是花了二十幾分鐘，好不容易才走到了民宿門口。

「您好。」輕輕推開那扇半掩著的門，溫紫晴禮貌的對著櫃檯打招呼，卻發現櫃檯一個人也沒有。

也對，畢竟現在已經凌晨十二點多了，在鄉下經營民宿，平日裡也不會有什麼客人，老闆也許早就已經回家休息了吧。

思及此，溫紫晴連忙走向櫃檯確認有沒有什麼可以聯絡到民宿主人的方式，正準備撥通名片上的電話時，身後卻突然想起一道低沉的男聲。

「請問妳是要住宿的嗎？」

溫紫晴被這突如其來的疑問嚇得雙肩一顫，詫異的回過頭去，有些凌亂的應了一句：「啊……對……。」

只是目光才剛接上那雙深邃的眼眸，溫紫晴的心臟卻沒忍住瘋狂躁動了起來，周圍的蟬鳴鳥叫以及時鐘走動的聲音，伴隨著自己的心跳不斷在耳畔放大。

身後的人在見到她轉身的剎那，臉上的表情似乎也有些驚訝，薄薄的唇瓣輕輕顫了顫，有些不知所措的撓了撓後頸。

最後，還是由對方率先開口，吶吶的說了一句：「沒想到會在這裡見到妳……好久不見了。」

「……好久……不見。」溫紫晴聽見了自己這樣說，可眼前所見卻依然讓她感到不真實，她甚至懷疑是不是自己最近確實太累了所以才出現的幻覺。

沒有如願聯絡上民宿老闆，在民宿的大廳裡，溫紫晴有些尷尬的將行李置放在最角落。

兩年多沒見了，這一次的相遇卻完全不在溫紫晴的預期之內。

她曾經幻想過，為期一個月的展覽期間，也許那個在她心裡日益膨脹的男孩會偷偷的來到她身後，對著她說：「嘿，小溫，我就知道妳一定做得到。」

而等到那個時候，她會笑著，從容地領著他看看這些年累積的作品，最後在那張以他為主角的照片前停下腳步，轉頭對著他說：「歡迎回家，你看，答應你的事我做到了！而且做得很好吧？」

溫紫晴根本沒有準備好這樣不期而遇時可以對他說的話，她甚至沒有想過自己竟然會在這裡遇上他。

「我三天前來的，是有想過可能會在這裡遇到妳。」

民宿大廳內擺了一組檜木桌椅，看起來像是給旅客泡茶聊天用的，男孩緩緩挑了個靠近角落的位子坐下，而後用眼神示意溫紫晴讓她也坐下來稍微休息一下。

「不知道為什麼比起高雄老家，這裡反而給我一種更熟悉的感覺，可能是因為聽了妳說了很多在南投發生的事，所以即使從來不曾來過，看到那些用黑色的布包裹起來的田地，就會讓我有一種：『啊，原來這就是小溫口中的香菇寮啊！』」男孩自顧自的說著，只是他沒有注意到自己每說一個字，溫紫晴的表情就越發微妙。

望著眼前的人，溫紫晴心裡有股想哭的衝動，卻不知道這種感覺究竟從何而來？又是為什麼會出現？

好不容易等到喉嚨裡梗住的情緒稍微緩和，溫紫晴有些顫抖的張開雙唇：「我……有點累了，明明有很多話想對你說的……但是我現在真的什麼都給忘了。」

空氣裡依然瀰漫著一股淡淡的尷尬，而那個面朝溫紫晴而坐的帥氣男孩似乎也感覺到了，扯了扯好看的嘴角，伸手拿起一罐被溫紫晴隨意擱置在桌上的啤酒。

「啊……那個已經不冰了！」

沒有理會溫紫晴的制止，男孩勾著嘴角輕輕的笑了：「妳就坐下來吧！別一直站著。」逕自拉開啤酒拉環，他輕輕舉杯碰了碰溫紫晴面前尚未開封的鋁罐：「今天的酒就讓妳請吧，等到攝影展結束，我再請妳吃一餐大的。」

終於在男孩眼前的座位落坐的溫紫晴，有些不自在的順了順垂墜於兩頰的髮絲，吶吶的說：「我現在還有點不敢相信……你是真的……在這裡了。」

「妳要捏捏看嗎？」仰頭灌了一口啤酒，男孩又一次漾起好看的笑臉，將精壯的手臂舉至溫紫晴眼前。

兩年沒見，他的皮膚曬得更加黝黑了，身材似乎也更加精實，髮型也從捲髮變成俐落清爽的短髮，因為髮質比較硬微微豎起來的樣子讓他整個人多添了幾分陽光大男孩的氣息，淺灰色的短袖運動上衣露出若隱若現的鎖骨以及流暢的手臂線條，還有那雙璀璨如星子的燦爛雙眸，搭配上笑起來時微微隆起的臥蠶，溫紫晴只覺相較於兩年前，他似乎又變得更加帥氣了。

突然意識到自己方才走了一個多小時的路，流了滿身汗就連妝也花了，溫紫晴就下意識地低下頭，不想讓對方看見自己現在的樣子。

焦躁不安的撥了撥因為流汗而沾黏在後頸的髮絲，溫紫晴僵硬的也跟著拉開面前的啤酒拉環，小心翼翼的啜飲一口。

退成常溫的啤酒更加凸顯了小麥發酵後的苦澀，一點也不好喝，可溫紫晴還是像個極致渴望酒精的酒鬼似的，一口接著一口的往肚子裡灌酒。

「其實……我也覺得很不可思議。」男孩緩緩開口，「收到妳的 email 不久，我就下定決心要回來了，幾乎是當下就訂了機票。」

緩緩抬頭接上那人的目光，溫紫晴試圖讀出那雙深邃雙眸裡的情緒，她發覺從剛剛開始自己似乎就不斷在揣測男孩說的每一句話、口吻、語氣，還有說話時的表情。

也許是害怕暴露了自己的情緒，她始終在衡量著他眼神裡夾帶的感情，他們之間硬是卡了兩年的空白，在這段空白裡究竟誰想念誰比較多？溫紫晴發覺自己一直想試圖搞明白。

「小溫，妳好像變了很多，好像又一點也沒變。」亞瑟開口的同時，又仰頭灌了一大口啤酒，伴隨著酒精入喉又一次語帶笑意的開口：「我其實有點緊張。」

「為什麼？」溫紫晴幾乎是下意識地吐出這句話。

「有很多事情值得我緊張。」雙眼直視著溫紫晴，亞瑟淡淡的說。

這一回溫紫晴選擇沉默，不知道為什麼一但直視對方的眼睛，腦筋彷彿就會停止運轉。

就這樣相對無語的對坐了一段時間，體內的酒精開始發酵，溫紫晴感覺耳根有些發燙。

也不知道這樣過了多久，直到亞瑟又一次開口，「有些話本來想藉著酒勁兒說的，但是這個……酒精濃度實在太低了。」

語畢，他忍不住笑了。

望著那張好看的笑臉，溫紫晴心裡有好多問題想要問，好多關於他的事，關於自己這幾年發生的事，都想要和他分享。

「那……不然我們重拾那個喝酒遊戲呢？」沒想過居然會是她先提議，只見男孩臉上浮現一抹狡黠的笑容。

「也好。」他說。

「你想先開始嗎？還是我先？」

「妳……結婚了嗎？」

沒有回覆溫紫晴的問題，亞瑟搶先問出這一句，讓溫紫晴有些不知所措的問題。

也許是為了消除緊張，只見亞瑟握著鋁罐一口氣將瓶中所有的酒通通灌下肚！

待亞瑟將空了的鐵鋁罐壓平擱置在桌前，溫紫晴才吶吶的開口：「兩年前……跟前男友分手後……我就一直沒有新的……對象了……而且……」後面的話溫紫晴沒有說出口，連著僅存的一點啤酒一起嚥下肚。

「那就好。」輕輕呼了口氣淡淡的說，亞瑟臉上的笑容似乎又比先前更加燦爛了幾分。

也不知道是酒勁上頭，還是因為那抹安心的笑容，溫紫晴頓時一陣心跳加速。

「你……會想到外面走走嗎？可能是因為沒什麼光害吧，所以這裡的星星總是特別多。」

聽了溫紫晴的話，沒有過多猶豫，亞瑟一口答應了。

帶著一點微醺的感覺，剛好適合還帶著些許涼意的春分。

「幾個禮拜後，天氣就會開始變熱，到時候水田裡會有很多青蛙，運氣好的話還能看到幾隻迷路的螢火蟲。」

分明是第一次和亞瑟並肩走在田野間，不知道為什麼溫紫晴卻有一種熟悉的感覺。

「這幾個晚上我時常一個人在這個時間出來散步，」亞瑟淡淡的說：「想著也許走著走著能在這裡遇見妳，妳知道嗎，我一直覺得自己是個方向感不錯的人，可是在這裡循著妳老家的地址繞了好久，我卻一直繞不到，這裡的門牌似乎沒有什麼規律。」

聞言，溫紫晴忍不住笑。

「所以如果郵差不是本地人的話，在這裡信就和長灘島一樣，也是很容易寄丟的。」

「收到妳的email時，妳知道我人在哪嗎？」亞瑟撇過頭來，溫柔地望著溫紫晴。

微微接上他的目光，溫紫晴輕輕的搖了搖頭：「我不知道，只知道這兩年，你也一直都在流浪。」

聽了她的回答，亞瑟淺淺的笑了：「這兩年的時間，我真的去了很多地方，然後在疫情最嚴重的那段時間，我人在印度。」

「什麼？」溫紫晴記得自己幾個月前才在新聞上看到，印度當時的狀況非常嚴峻，沒想到在那段時間裡，亞瑟竟然也在那裡。

在那些慘不忍睹的新聞畫面中，會不會也曾在某個角落捕捉到亞瑟的身影呢？溫紫晴不確定。

「那個時候一切都很紊亂，經歷了好多次的班機被取消、隔離，甚至無緣無故在過海關時被攔下，一切都很未知的情況下，我開始感到恐懼……。」亞瑟說話的時候語尾仍有些顫抖：「好不容易從印度來到英國……或許準確一點是用逃的，只是越來越多身邊的人都染疫了……然後我突然覺得很害怕，很多導遊接不到工作紛紛回家和家人待在一起，雖然沒了工作可至少心裡踏實，可是我呢？一個人在破舊的旅館裡，隨時都有被趕出去的風險，每天都過得戰戰兢兢的，每當我感到恐懼的時候，就會想起妳在離開時對我說的那些話……。」

亞瑟說著頓了頓，才又接著往下說。

「所以……我突然也想回家看看，當我有這個想法的時候，才發現腦海裡老是浮現妳的身影，所以我又把我們在沙灘拍的那張拍立得拿出來看，分開之後，我就一直把它收在皮夾裡隨身攜帶著，這樣感覺就好像妳跟我一起去了好多好多的地方一樣。」

「其實……我也很常想著……啊……如果這個時候……你也能在這裡，或是如果我也能跟你一起在世界各地流浪，那該有多好。」

也許是周圍湧動的涼爽空氣，讓溫紫晴也跟著坦率了起來，默默掏出掛在脖子上的玉石項鍊：「我每天都帶著它……不管走到哪裡，就連在工作的時候也一樣。」她淡淡的說，沒有發現亞瑟在一棵榕樹下緩緩停下腳步。

「妳還記得我那時和妳說過……別太急著找答案嗎？」

默默回過身去，溫紫晴對著站在榕樹邊的亞瑟輕輕笑了一下，緩緩舉起手來，指了指榕樹斜前方的位置。

「我記得，你還說……很多時候問題的本身其實就是答案，就像你現在站的這棵榕樹正前方，就是我家一樣，也許我們一直都離答案很近，只是始終無法輕易察覺而已。」

亞瑟聞言，朝著溫紫晴手指的方向一望，露出一抹驚喜的笑，而後他緩緩邁開步伐，再次走向溫紫晴。

「雖然我還不是很明白，但是……我好像搞懂自己流浪的原因了。」站在一個溫紫晴剛好能將他整個人收進眼底的位子，亞瑟淡淡的說。

「妳的訊息，真的在我最徬徨的時候拉了我一把，雖然很抽象，但是在那一刻我似乎明白了什麼是家……所以我才會毅然決然地找來了這裡，找到了妳，即使只是一眼，在見到妳的那瞬間，我感覺我的心整個都沉澱下來了……小溫，是妳把我帶回來的。」緩緩張開雙臂，亞瑟一把將眼前的溫紫晴攬進懷裡：「也許……妳就是我苦苦尋找的答案，妳找到了我，而我也終於找到妳了……。能夠再次見到妳真是太好了，妳能在這裡……真的是太好了。」

溫柔的回擁住亞瑟，在一片靜謐的田野間，周圍只有低聲鳴唱的蟬、徐徐而過的風，還有他們彼此的心跳，溫紫晴頓時感覺全身上下的所有重擔都在那一刻緩緩的剝落，只留下一副真摯、脆弱的軀殼，宛若褪去了漣漪的湖面，在那一刻她清楚看見了自己的心，在那裡有著亞瑟溫柔的笑臉，也有她的，她曾經弄丟的勇氣、自信還有微笑，因為那場逃亡逐一被找回來了。

溫紫晴心想，也許她一直都很清楚自己要的是什麼，只是在日復一日的生活裡被太多框架給綁架，而那場為逃而逃的旅行讓她漸漸掙脫束縛，也讓她開始意識到，或許她要的不全然只是一段註定會開花結果的愛情、穩定的工作、賺很多的錢、買很大的房子，過著和所有和她同年紀的女孩該過的生活。

也許對她而言，這些從來就不是唯一解答，只是她被那些固有的、世俗的答案給困住了，忘了這個世界很大，總會有一個人、一個地方、一種生活方式真正適合她。

就像兒時的她總以為，自己生活的地方就是世界的全部，直到坐在外婆的機車後座，看見了那些有別於小鎮風光以外的世界一樣。

也許選擇逃去一個有著一整片美麗海灘的地方，不全然是因為外婆，也是因為自己心底的渴望，她很渴望可以親眼看看那片沙灘、海洋，還有遇上一些平常的生活裡難以遇上的人。因為她的問題一直以來都很簡單，從頭到尾溫紫晴都只想搞清楚，在這副軀殼裡住了三十年的女孩要的到底是什麼，還有她到底是誰而已。

在一個封閉的糖果罐裡活了太久，所以費了許多力氣飛出來，才發現蓋子原本就不存在，所有的限制、不可能、做不到，都是她事先預設好的。

綁架她的從來就不是別人，不是外婆、不是許萬豪，更不是千篇一律的呆板工作，而是她自己。

於是，溫紫晴飛出了罐子，遇上了亞瑟，他要她試著發問，試著對著這個世界發問，也對自己發問，並且告訴她在不斷追問與對話的過程中，也許就能得到她想要的答案。

她甚至沒想過自己有一天——也能成為亞瑟的答案。

家的定義是什麼？歸屬感又是什麼？

因為一知半解，所以選擇流浪的那個男孩，如今就這樣風塵僕僕地來到了她面前，並且告訴她——也許有她在的地方，就可以被稱作家。

和亞瑟一起搭上南下的火車，溫紫晴把靠窗的位子讓給了他。

一望無際的農田、工廠、商圈再到高樓林立的都市，那些她曾經幻想過想要和亞瑟一起看遍的風景，她要全部都陪著他經歷一次。

回到高雄老家的那一刻，亞瑟和阿梅阿嬤都紅了眼眶，她緊緊擁抱著十多年沒見到的孫子，不斷對著他重複著同樣幾句話，「對不起」還有「回來就好」。

就像那年在那片美麗的海灘上，溫紫晴對著徐子權所懷抱的情感一樣。

也許他們都曾經傷害過自己最愛也最想保護的人，而時間難以沖淡所以留下了一道又一道大大小小的傷疤，可是心裡對於彼此的那分惦記以及連結，讓他們願意試著用自己的方式慢慢去接受、去原諒。

在一旁見到這一幕的溫紫晴也忍不住落下淚來，這兩年因為認識了阿梅阿嬤，她感覺自己某種程度上，似乎也能用更加開放的心態去面對外婆的離開，不再一昧的責備自己沒有在外婆生前給她足夠的陪伴，溫紫晴用行動努力活成自己理想中的模樣，用力實現夢想、努力生活，也更加勇敢的去愛。

「現在暫時無法出國了，你留在這裡接下來有什麼打算嗎？」離開高雄，準備回台北參與攝影展開幕的車程間，溫紫晴對著身側的亞瑟柔聲問道。

將寬厚的手掌輕輕覆在溫紫晴的手背上，亞瑟撇過頭來接上她的目光：「居無定所的流浪了十年，我現在打算安頓下來了，就在這裡。」

溫紫晴聽得一頭霧水，偏著頭笑著左右張望了一下，疑惑的問：「這……裡嗎？可是這是一列移動的火車，我們現在還在彰化，就快要抵達台中站了，所以具體是哪裡？」

「這裡。」舉起溫紫晴的手來回搖晃，亞瑟對著她露出一抹寵溺的笑，

「妳這輩子都在為別人而活，而我這輩子都在努力活出自我。」

「可是現在……」亞瑟頓了頓，將溫紫晴的手握得更緊了。

「各位旅客，台中站到了，請您收拾好隨身攜帶的行李……」伴隨著耳畔響起的站內廣播。

亞瑟淺淺的勾了勾嘴角，微微輕啟唇瓣，淡淡的在溫紫晴耳邊落下一句：「妳好好的去追

逐妳的夢想，我呢……會在這裡陪妳，就在這裡。」
「當個無業遊民？」溫紫晴語帶笑意的反問。
聞言，亞瑟臉上浮現一抹受傷的表情，噘著嘴有些不滿的說：「對於未來我也是很有想法的好嗎！其實這次回來，除了男朋友的身分以外，我還有其他事情想和溫大攝影師洽談。」
「喔，是嗎？什麼偉大的事蹟，說來聽聽？」
緩緩掏出手機，亞瑟點開了一封電子郵件，舉到溫紫晴眼前：「我這些年在國外生活，其實也累積了一些遊記，陸續出版了幾本旅遊書，在國外賣得不錯。」
「什麼？」因為從來沒聽亞瑟提起這些，溫紫晴感到有些詫異。
「出版社那邊最近在詢問我有沒有什麼其他計畫，」相較於溫紫晴的訝異，亞瑟倒是很淡然，緩緩將手機收回口袋：「我想要開始來寫台灣的遊記，我知道應該已經有很多人做過這件事情了，但是我想用另外一種形式進行，例如和國際知名的攝影師合作？然後用一個在外流浪多年的遊子的角度，來介紹這個地方，我還可以用不同語言書寫。」亞瑟說著，臉上浮現出一抹燦爛的笑：「所以想要問問妳，有沒有意願跟我合作？」
火車緩緩駛離了台中站，窗外的景色再次由繁華的商圈慢慢轉變成工廠、農舍、還有潺潺流過橋墩的溪流，亞瑟著迷的往窗外望去，而溫紫晴則是著迷的望著他俊朗的側臉。
旅程還在繼續，那些意想不到的相遇、改變還有成長，都是開始一段旅行後的收穫，也許偶爾也會被一些無法預期的意外打擊，可是若是正視那些他們一起又或分別走過的路，或許也能有一些超乎想像的收穫吧。

就像他們終於在分開後，又在另外一段旅程裡遇見了彼此，只是這一次可以以不同的身分相伴。

等待，也不單單只存在一種形式，等一個人回家、等一段相遇，等一個剛剛好的時機，那個曾經辜負過無數愛與等待的女孩，也能對著一個渴望被等待被愛的男孩說，她可以等，等他回來、等他找到想要的答案。

然後再與他肩並著肩，開啟另一段旅程，一段屬於他們的旅程。

——全書完

後記

哈囉大家好，我是烏瞳貓。（又是這個熟悉又愉快的開場～）

每次寫到後記我才會有種一個故事終於要結束的感覺，心情很奇妙，很輕鬆但同時也有點捨不得。

這個故事在我心裡住了將近兩年的時間，一開始只有一個雛形，起初就只是想寫一個長灘島船員的故事，但究竟該賦予這個故事什麼樣的意義呢？是我動筆前一直在摸索的事，畢竟既然要設定主角是一個長灘島的船員，那勢必要有一些可以繼續往下深掘的東西。

至於為什麼故事的背景設定是長灘島，其實也沒有什麼太複雜的原因，只是因為二〇一九年的春天跟朋友去了一趟長灘島旅行，想趁著對那裡的一切都還有印象的時候，把那份埋藏在心裡的悸動記錄下來，現在回想起來那樣的感覺依舊還是溫暖的，那片於暖陽俯照下的海似乎已在我心上留下了難以抹去的溫度，所以開始動筆前我便明白對我而言，這個故事的調性必須帶著溫暖、惆悵，同時又能帶來一點療效。

老實說當時我還覺得去長灘島六天每天都要玩水好像有點累（哈哈哈其實就是懶），但是搭著船抵達島上的那一刻，鹹鹹的海水味道灌入鼻腔的剎那，心裡卻突然有種很安定、很感謝的感覺，那樣的感激到現在依然說不出是什麼樣的感受，好似瞬間就被那座小島獨特的魅力給震懾住了，那樣清澈的海、高聳入雲的椰子樹，是我在平常生活的地方從來不曾也不可能見過的，既感動又興奮。

旅行途中除了風景外，我最喜歡的就是人，我喜歡觀察他們，大部分的旅人在我眼裡都是可愛的，他們會有一些自己的小習慣、走路的方式、說話的語氣，而那些正在被觀察的可愛的人們可能也會發現我，對到眼的時候笑著彼此點點頭的那個互動，是我認為非常珍貴的片刻，那是兩個旅人短暫的交集，我們互不相識，也明白以後可能不會再見到彼此，但還是願意在那樣短暫交錯的瞬間對對方釋出善意，這無疑是一趟旅行中最美好的事，也是我熱愛旅行的其中一個原因。

至於旅行的另外一面，不論我再怎麼思索似乎都還是會聯想到「家」，一段旅程結束，終歸是要回到那個屬於自己的地方，那麼這個時候就很有趣了，「什麼是家？」這樣的大哉問，十個人裡可能就會有十種不一樣的答案，如果我今天想寫的是一個「長灘島船員」的故事，那他的家會在哪裡呢？長灘島是一座觀光小島，島上雖然有居民但實際上不很多，所以說他的家會是那艘船嗎？還是是在島以外的地方？他又是為什麼會想在這樣一座島上揚帆？這些都是在這個故事裡我想要進一步探索的。會不會其實他也一直在每一次的航行中不斷追問自己「家是什麼？」、「歸屬感又是什麼？」呢？

在這樣不斷自問自答的過程裡，亞瑟善於流浪的形象就這樣被建構出來，而女主角溫紫晴則可以是閱讀這本書的每一個人，可以是我、也可以是你，她的形象是矛盾的，一輩子都活在社會建構的框架裡，但過程中其實一直都存在著想要出走的慾望，在生活與心靈的紛擾、衝撞下，便產生了這一次的旅行，也許說是「逃亡」更貼近她當時的心境，然後在這趟以出走為名的旅程中她遇到了亞瑟，那個看似擁有自由的靈魂，內心卻一直渴望找到安定歸屬的男孩，他讓她看見了藏在自己身體裡隨時準備爆發的能量，兩人身上那些既相似又矛盾的地方，也讓他們在相處與對話的過程中，漸漸得到了一些自己追尋已久的答案，又或試圖追問的問題，這是很有趣也很浪漫的地方，也許許多時候旅行除了玩樂本身外，正是為了讓我們去遇見一些什麼人，又或得到一些啟發，就某些層面來說確實和人生很像。

慢慢長大以後，會開始發現，很多事情其實都沒有明確的對與錯，相較於尋找答案，「發問」反而成了更為困難的事，就像在寫這本書的時候我也不斷在對自己發問、對這些角色發問，可能我也還沒找到最貼近問題本身的答案，只是在書寫的過程裡更加確定一件事，那就是不要害怕探索沒有答案的問題，因為在不斷尋找的過程中，可能會有更多遠超於「正確」答案的收穫，那會帶給我們更多不同的碰撞還有能量，或許可以形塑出更為堅強的靈魂，即便最終只是深刻體會到了自己的脆弱，也無需害怕，因為身而為人——堅強與脆弱，本就共存。

烏瞳貓　二〇二二年十月二十一日

要青春107　PG2914

要有光
FIAT LUX

嘿，有人在等你

作　　者	烏瞳貓
責任編輯	孟人玉
圖文排版	黃莉珊
封面設計	王嵩賀
內頁圖示	Flaticon.com

出版策劃	要有光
發 行 人	宋政坤
法律顧問	毛國樑　律師
印製發行	秀威資訊科技股份有限公司 114台北市內湖區瑞光路76巷65號1樓 電話：+886-2-2796-3638　傳真：+886-2-2796-1377 http://www.showwe.com.tw
劃撥帳號	19563868　戶名：秀威資訊科技股份有限公司 讀者服務信箱：service@showwe.com.tw
展售門市	國家書店（松江門市） 104台北市中山區松江路209號1樓 電話：+886-2-2518-0207　傳真：+886-2-2518-0778
網路訂購	秀威網路書店：https://store.showwe.tw 國家網路書店：https://www.govbooks.com.tw
總 經 銷	聯合發行股份有限公司 231新北市新店區寶橋路235巷6弄6號4F 電話：+886-2-2917-8022　傳真：+886-2-2915-6275

出版日期	2023年6月　BOD一版
定　　價	320元

版權所有・翻印必究（本書如有缺頁、破損或裝訂錯誤，請寄回更換）
Copyright © 2023 by Showwe Information Co., Ltd.
All Rights Reserved

讀者回函卡

Printed in Taiwan

國家圖書館出版品預行編目

嘿,有人在等你/烏瞳貓作. -- 一版. -- 臺北
市 : 要有光, 2023.06
面； 公分. -- (要青春 ; 107)
BOD版
ISBN 978-626-7058-84-8(平裝)

863.57 112005932